余光中

余光中 著

前尘隔海，古屋不再

浙江文艺出版社

Zhejiang Literature & Art Publishing House

本书由台湾九歌出版社有限公司授权出版

版权合同登记字号：图字：11-2024-007号

图书在版编目（CIP）数据

余光中：前尘隔海，古屋不再 / 余光中著 . —杭
州：浙江文艺出版社，2024.6

ISBN 978-7-5339-7571-5

Ⅰ.①余… Ⅱ.①余… Ⅲ.①散文集—中国—当
代 Ⅳ.①I267

中国国家版本馆CIP数据核字（2024）第065574号

统　　筹	王晓乐	封面设计	广　岛
责任编辑	詹雯婷	封面插画	Stano
责任校对	唐　娇	营销编辑	张恩惠
责任印制	吴春娟	数字编辑	姜梦冉　诸婧琦

余光中：前尘隔海，古屋不再

余光中　著

出版发行	浙江文艺出版社
地　　址	杭州市环城北路177号
邮　　编	310006
电　　话	0571-85176953（总编办）
	0571-85152727（市场部）
制　　版	杭州天一图文制作有限公司
印　　刷	杭州丰源印刷有限公司
开　　本	880毫米×1230毫米　1/32
字　　数	125千字
印　　张	7.125
插　　页	2
版　　次	2024年6月第1版
印　　次	2024年6月第1次印刷
书　　号	ISBN 978-7-5339-7571-5
定　　价	39.80元

出版说明

自五四新文化运动以来，中国文学面目一新。在中西方文化的碰撞与融合中，小说、诗歌、戏剧等文学形式完成蜕变与新生，而散文以其自由自在的天性，踵事增华，其成果蔚为大观。

郁达夫认为，较之古代的"文"，现代中国散文有三点特异之处，即"'个人'的发见""内容范围的扩大""人性，社会性，与大自然的调和"（《中国新文学大系·散文二集·导言》）。散文家们兼收并蓄，将万事万物融于一心，"以我手写我口"，取径不同，或叙事、抒情、议论，或写人、描景、状物；风格各异，或蕴藉、洗练、飞扬，或磅礴、绮丽、缜密。就应用而言，以学识、阅历、心境为核心的小品文，以小见大，言近旨远，张扬个人性情；以观察、讽刺、同情为底色的杂文，见微知著，刚柔相济，召唤战斗精神……种种流派，非止一端。

为了给当代读者提供一套选目得当、编校精良的散文选本，我们推出"名家散文"系列，从灿若星辰的中国现代散文家中遴选出一批作者，精选其散文创作中的经典作品，结集成册，以飨读者，或可视作对百年现代中国散文的一次阶段性回顾与总结。我们相信，尽管这些作品产生的背景千差万别，但其呈现的智识与感性、追求与希冀，是跨越时空而能与读者共鸣的。我们也相信，经典之所以为经典，因其经得起时间的汰洗，这里的文章，初读，是迎面撞上万千世界，吉光片羽，亦足珍惜；再读，则是与无数智者的重逢，向内发现自己，向外发现众生。

文学的历史同时也是一部语言文字的历史，而汉语的标准化也随着时间的推移不断地演变、更新。五四白话文运动以来，文学语言流动而多变，呈现出丰富和复杂的样貌。文字、词汇、语法的繁芜丛杂背后，是思想文化的多元与活跃，也是作家不同审美取向和个人风格的展现。因此，我们在编辑过程中尽量尊重文章原刊或初版时的面貌，使读者能够感受到语言的时代特色，比如"的""地""底"共存的现象。同时，考虑到读者尤其是学生的阅读需求，我们按当下的规范做了有限度的修订。

编辑出版工作中难免存在不足之处，热忱欢迎广大读者批评指正。

浙江文艺出版社

目 录

记忆像铁轨一样长

· 1 ·

记忆像铁轨
一样长

我以七十英里高速驰入张骞的梦高适岑参的世界，轮印下重重叠叠多少古英雄长征的蹄印。

望乡的牧神

　　那年的秋季特别长，一直拖到感恩节，还不落雪。事后大家都说，那年的冬季，也不像往年那么长，那么严厉。雪是下了，但不像那么深，那么频。幸好圣诞节的一场还积得够厚，否则圣诞老人就显得狼狈失措了。

　　那年的秋季，我刚刚结束了一年浪游式的讲学，告别了第三十三张席梦思，回到密歇根来定居。许多好朋友都在美国，但黄用和华苓在爱荷华，梨华远在纽约，一个长途电话能令人破产。咪咪手续未备，还阻隔半个大陆加一个海加一个海关。航空邮简是一种迟缓的箭，射到对海，火早已熄了，余烬显得特别冷。

　　那年的秋季，显得特别长。草，在渐渐寒冷的天气里，久久不枯。空气又干，又爽，又脆。站在下风的地方，可以嗅出树叶，满林子树叶散播的死讯，以及整个中西部成熟后的体香。中西部的秋季，是一场弥月不熄的野火，从浅黄到血红到暗赭到郁沉沉的浓栗，从爱荷华一直烧到俄亥俄，夜以继日以继夜地维持好几十郡的灿烂。云罗张在特别洁净的蓝虚蓝无上，白得特别惹眼。谁要用剪刀去剪，一定装满好几箩筐。

那年的秋季特别长，像一段雏形的永恒。我几乎以为，站在四围的秋色里，那种圆溜溜的成熟感，会永远悬在那里，不坠下来。终于一切瓜一切果都过肥过重了，从腴沃中升起来的仍垂向腴沃。每到黄昏，太阳也垂垂落向南瓜田里，红澄澄的，一只熟得不能再熟下去的，特大号的南瓜。日子就像这样过去。晴天之后仍然是晴天之后仍然是完整无憾饱满得不能再饱满的晴天，敲上去会敲出音乐来的稀金属的晴天。就这样微酪地饮着清醒的秋季，好怎么不好，就是太寂寞了。在西密歇根大学，开了三门课，我有足够的时间看书，写信。但更多的时间，我用来幻想，而且回忆，回忆在一个岛上做过的有意义和无意义的事情，一直到半夜，到半夜以后。有些事情，曾经恨过的，再恨一次；曾经恋过的，再恋一次；有些无聊，甚至再无聊一次。一切都离我很久，很远。我不知道，我的寂寞应该以时间或空间为半径。就这样，我独自坐到午夜以后，看窗外的夜比《圣经·旧约》更黑，万籁俱死之中，听两颊的胡髭无赖地长着，应和着腕表巡回的秒针。

这样说，你就明白了。那年的秋季特别长。我不过是个客座教授，悠悠荡荡的，无挂无牵。我的生活就像一部翻译小说，情节不多，气氛很浓；也有其现实的一面，但那是异国的现实，不算数的。例如汽车保险到期了，明天要记得打电话给那家保险公司；公寓的邮差怪可亲的，圣诞节要不要送他件小礼品，等等。究竟只是一部翻译小说，气氛再浓，只能当作一场逼真的梦罢了。而尤其可笑的是，读来读去，连一个女主角也不见。男主角又如此地无味。这部恶汉体的（picaresque）小说，应该是没有销路的。不成其为配角的配角，倒有几位。劳悌芬便是其中的一位。在我教过的一百六十几个美国大孩子之中，劳悌芬和其他少数几个，大概会长久留在我的回忆里。一切都是巧合。有一个黑发的东方人，去到密歇根，恰巧会到那一个大学。恰巧那一年，有一个金发的美国青年，也在那大学里。恰巧金发选了黑发的课。恰巧谁也不讨厌谁。于是金发出现在那部翻译小说里。

那年的秋季，本来应该更长更长的。是劳悌芬，使它显得不那样长。劳悌芬，是我给金发取的中文名字。他的本名是Stephen Cloud。一个姓云的人，应该是洒脱的。劳悌芬倒不怎么洒脱。他毋宁是有些腼腆的，不像班上其他的男孩，爱逗着女同学说笑。他也爱笑，但大半是坐在后排，大家都笑时他也参加笑，会笑得有些脸红。后来我才发现他是戴隐形眼镜的。

同时，秋季愈益深了。女学生们开始穿大衣来教室。上课的时候，掌大的枫树落叶，会簌簌叩打大幅的玻璃窗。我仍记得，那天早晨刚落过霜，我正讲到杜甫的"秋来相顾尚飘蓬"，忽然瞥见红叶黄叶之上，联邦的星条旗扬在猎猎的风中，一种摧心折骨的无边秋感，自头盖骨一直麻到十个指尖。有三四秒钟我说不出话来。但脸上的颜色一定泄漏了什么。下了课，劳悌芬走过来，问我周末有没有约会。当我的回答是否定时，他说：

"我家在农场上，此地南去四十多英里。星期天就是万圣节了。如果你有兴致，我想请你去住两三天。"

所以三天后，我就坐在他西德产的小汽车右座，向南方出发了。十月底的一个半下午，小阳春停在最美的焦距上，湿度至小，能见度至大，风景呈现最清晰的轮廓。出了卡拉马如（Kalamazoo），密歇根南部的大平原抚得好空好阔，浩浩乎如一片陆海，偶然的农庄和丛树散布如列屿。

在这样响当当的晴朗里，这样高速这样平稳地驰骋，令人幻觉是在驾驶游艇。一切都退得很远，腾出最开敞的空间，让你回旋。秋，确是奇妙的季节。每个人都幻觉自己像两万英尺高的卷云那么轻，一大张卷云卷起来称一称也不过几磅。又像空气那么透明，连忧愁也是薄薄的，用裁纸刀这么一裁就裁开了。公路，像一条有魔术的白地毡，在车头前面不断舒展，同时在车尾不断卷起。

如是卷了二十几英里，德国产的小车在一面小湖旁停了下来。密歇根原是千湖之州，五大湖之间尚有无数小泽。像其他的小泽一样，面前的这个湖蓝得染人肝肺。立在湖边，对着满满的湖水，似乎有一只幻异的蓝眼瞳在施术催眠，令人意识到一种不安的美。所以说秋是难解的。秋是一种不可置信而居然延长了这么久的奇迹，总令人觉得有点不妥。就像此刻，秋色四面，上面是土耳其玉的天穹，下面是普鲁士蓝的清澄，风起时，满枫林的叶子滚动香熟的灿阳，仿佛打翻了一匣子的玛瑙。莫奈和西斯莱死了。印象主义的画面永生。

这只是刹那的感觉罢了。下一刻，我发现劳悌芬在喊我。他站在一株大黑橡下面，赤褐如焦的橡叶丛底，露出一间白漆木板钉成的小屋。走进去，才发现是一爿小杂货店。陈设古朴可笑，饶有殖民时期风味。西洋杉铺成的地板，走过时轧轧有声。这种小铺子在城市里是已经绝迹了。店主是一个满脸斑点的胖妇人。劳悌芬向她买了十几根红白相间的竿竿糖，满意地和我走出店来。

橡叶萧萧，风中甚有寒意。我们赶回车上，重新上路。劳悌芬把糖袋子递过来，任我抽了两根。糖味不太甜，有点薄荷在里面，嚼起来倒也津津可口。劳悌芬解释说：

"你知道，老太婆那家小店，开了十几年了。生意不好，也不关门。读初中时，我就认得她了，也不觉得她的糖有什么好吃。后来去卡拉马如上大学，每次回家，一定找她聊天，同时买点糖吃，让她高兴高兴。现在居然成了习惯，每到周末，就想起薄荷糖来了。"

"是蛮好吃。再给我一根。你也是，别的男孩子一到周末就约chic（漂亮的，时髦的）去了，你倒去看祖母。"

劳悌芬红着脸傻笑。过了一会，他说：

"女孩子麻烦。她们喝酒，还做好多别的事。"

"我们班上的好像都很乖。例如路丝——"

"呃，满嘴的存在主义什么的，好烦。还不如那个老婆婆坦白！"

"你不像其他的美国男孩子。"

劳悌芬耸耸肩，接着又傻笑起来。一辆货车挡在前面，他一踩油门，超了过去。把一袋糖吃光，就到了劳悌芬的家了。太阳已经偏西，夕照正当红漆的仓库，特别显得明艳映颊。劳悌芬把车停在两层的木屋前，和他父亲的旅行车并列在一起。一个丰硕的妇人从屋里探头出来，大呼说：

"Steve（史蒂夫）！我晓得是你！怎么这样晚才回来！风好冷，快进来吧！"

劳悌芬把我介绍给他的父母和弟弟侯伯（Herbert）。终于，大家在晚餐桌边坐定。这才发现，他的父亲不过五十岁，已然满头白发，可是白得整齐而洁净，反而为他清瘦的面容增添光辉。侯伯是一个很漂亮的、伶手俐脚的小伙子。但形成晚餐桌上暖洋洋的气氛的，还是他的母亲。她是一个胸脯宽阔、眸光亲切的妇人，笑起来时，启露白而齐的齿光，映得满座粲然。她一直忙着传递盘碟。看见我饮牛奶时狐疑的脸色，她说：

"味道有点怪，是不是？这是我们自己的母牛挤的奶，原奶，和超级市场上买到的不同。等会你再尝尝我们自己的榨苹果汁看。"

"你们好像不喝酒。"我说。

"爸爸不要我们喝，"劳悌芬看了父亲一眼，"我们只喝牛奶。"

"我们是清教徒，"他父亲眯着眼睛说，"不喝酒，不抽烟。从我的祖父起就是这样子。"

接着他母亲站起来，移走满桌子残肴，为大家端来一碟碟南瓜饼。

"Steve，"他母亲说，"明天晚上汤普森家的孩子们说了要来闹节的。'不招待，就作怪'，余先生听说过吧？糖倒是准备了好几包。就缺一盏南瓜灯。地下室有三四只空南瓜，你等会去挑一只雕一雕。我要去挤牛奶了。"

等他父亲也吃罢南瓜饼，起身去牛栏里帮他母亲挤奶时，劳悌芬便到地下室去。不久，他捧了一只脸盆大小的空干南瓜来，开始雕起假面来。他在上端先开了两只菱形的眼睛，再向中部挖出一只鼻子，最后，又挖了一张新月形的阔嘴，嘴角向上。接着他把假面推到我的面前，问我像不像。想了一会，我说：

"嘴好像太小了。"

于是他又把嘴向两边开得更大。然后他说：

"我们把它放到外面去吧。"

我们推门出去。他把南瓜脸放在走廊的地板上，从夹克的大口袋里掏出一截白蜡烛，塞到蒂眼里，企图把它燃起。风又急又冷，一吹，就熄了。徒然试了几次，他说：

"算了，明晚再点吧。我们早点睡。明天还要去打野兔子呢。"

第二天下午，我们果然背着猎枪，去打猎了。这在我说来，是有点滑稽的。我从来没有打猎的经验。军训课上，是射过几发子弹，但距离红心不晓得有多远。劳悌芬却兴致勃勃，坚持要去。

　　"上个周末没有回家。再上个周末，帮爸爸驾收割机收黄豆。一直没有机会到后面的林子里去。"

　　劳悌芬穿了一件粗帆布的宽大夹克，长及膝盖，阔腰带一束，显得五英尺十英寸上下的身材分外英挺。他把较旧式的一把猎枪递给我，说：

　　"就凑合着用一下吧。一九五八年出品，本来是我弟弟用的。"看见我犹豫的颜色，他笑笑说："放松一点。只要不向我身上打就行。很有趣的，你不妨试试看。"

　　我原有一肚子的话要问他，可是他已经领先向屋后的橡树林欣然出发了。我端着枪跟上去。两人绕过黄白相间的耿西牛群的牧地，走上了小木桥彼端的小土径，在犹青的乱草丛中蜿蜒而行。天气依然爽朗朗地晴。风已转弱，阳光不转瞬地凝视着平野，但空气拂在肌肤上，依然冷得人神志清醒，反应敏锐。舞了一天一夜的斑斓树叶，都悬在空际，浴在阳光金黄的好脾气中。这样美好而完整的静谧，用一发猎枪子弹给炸碎了，岂不是可惜。

　　"一只野兔也不见呢。"我说。

"别慌。到前面的橡树丛里去等等看。"

我们继续往前走。我努力向野草丛中搜索，企图在劳悌芬之前发现什么风吹草动；如此，我虽未能打中什么，至少可以提醒我的同伴。这样想着，我就紧紧追上了劳悌芬。蓦地，我的猎伴举起枪来，接着耳边炸开了一声脆而短的骤响。一样毛茸茸的灰黄的物体从十几码外的黑橡树上坠了下来。

"打中了！打中了！"劳悌芬向那边奔过去。

"是什么？"我追过去。

等到我赶上他时，他正挥着枪柄在追打什么。然后我发现草坡下，劳悌芬脚边的一个橡树窟窿里，一只松鼠尚在抽搐。不到半分钟，它就完全静止了。

"死了。"劳悌芬说。

"可怜的小家伙。"我摇摇头。我一向喜欢松鼠。以前在爱荷华念书的时候，我常爱从红砖的古楼上，俯瞰这些长尾多毛的小动物在修得平整的草地上嬉戏。我尤其爱看它们躬身而立，捧食松果的样子。劳悌芬捡起松鼠。它的右腿渗出血来，修长的尾巴垂着死亡。劳悌芬拉起一把草，把血斑拭去说：

"它掉下来，带着伤，想逃到树洞里去躲起来。这小东西好聪明。带回去给我父亲剥皮也好。"

他把死松鼠放进夹克的大口袋里，重新端起了枪。

"我们去那边的树林子里再找找看。"他指着半英里外的一片赤金和鲜黄。想起还没有庆贺猎人，我说：

"好准的枪法！刚才，根本没有看见你瞄准，怎么它就掉下来了。"

"我爱玩枪。在学校里，我还是预备军官训练队的上校呢。每年冬季，我都带侯伯去北部的半岛打鹿。这一向眼睛差了。隐形眼镜还没有戴惯。"

这才注意到劳悌芬的眸子是灰蒙蒙的，中间透出淡绿色的光泽。我们越过十二号公路。岑寂的秋色里，去芝加哥的车辆迅疾地扫过，曳着轮胎磨地的嗞嗞声和掠过你身边时的风声。一辆农场的拖拉机，滚着齿槽深凹的大轮子，施施然碾过，车尾扬着一面小红旗。劳悌芬对车上的老叟挥挥手。

"是汤普森家的丈人。"他说。

"车上插面红旗子干吗？"

"哦，是州公路局规定的。农场上的拖拉机之类，在公路上穿来穿去，开得太慢，怕普通车辆从后面撞上去。挂一面红旗，老远就看见了。"

说着，我们一脚高一脚低走进了好人一片刚收割过的田地。阡陌间歪歪斜斜地还留着一行行的残梗，零零星星的豆粒，落在干燥的土块里。劳悌芬随手折起一片豆荚，把荚剥开。淡黄的豆粒滚入了他的掌心。

"这是汤普森家的黄豆田。尝尝看，很香的。"

我接过他手中的豆子，开始嚼起来。他折了更多的豆荚，一片一片地剥着。两人把嚼不碎的豆子吐出来。无意间，我哼起"高粱肥，大豆香，遍地黄金少灾殃……"。

"嘿，那是什么？"劳悌芬笑起来。

"第二次世界大战时大家都唱的一首歌……那时我们都是小孩子。"说着，我的鼻子酸了起来。两人走出大豆田，又越过一片尚未收割的玉蜀黍。劳悌芬停下来，笑得很神秘。过了一会，他说：

"你听听看，看能听见什么。"

我当真听了一会。什么也没有听见。风已经很微。偶尔，玉蜀黍的干穗壳，和邻株磨出一丝窸窣。劳悌芬的浅灰绿瞳子向我发出问询。我茫然摇摇头。

他又阔笑起来。

"玉米田，多耳朵。有秘密，莫要说。"

我也笑起来。

"这是双关语，"他笑道，"我们英语管玉米穗叫耳朵。好多笑话都从它编起。"

接着两人又默然了。经他一说，果然觉得玉蜀黍秆上挂满了耳朵。成千的耳朵都在倾听，但下午的遗忘覆盖一切，什么也听不见。一枚硬壳果从树上跌下来，两人吓了一跳。劳悌芬俯身拾起来，黑褐色的硬壳已经干裂。

"是山胡桃呢。"他说。

我们继续向前走。杂树林子已经在面前。不久，我们发现自己已在树丛中了。厚厚的一层落叶铺在我们脚下。卵形而有齿边的是桦，瘦而多棱的是枫，橡叶则圆长而轮廓丰满。我们踏着千叶万叶已腐的、将腐的、干脆欲裂的秋季向更深处走去，听非常过瘾也非常伤心的枯枝在我们体重下折断的声音。我们似乎践在暴露的秋筋秋脉上。秋日下午那安静的肃杀中，似乎，有一些什么在我们里面死去。最后，我们在一截断树干边坐下来。一截合抱的黑橡树干，横在枯枝败叶层层交叠的地面，龟裂的老皮形成阴郁的图案，记录霜的齿印，雨的泪痕。黑眼眶的树洞里，覆盖着红叶和黄叶，有的仍有潮意。

两人靠着断干斜卧下来，猎枪搁在断柯的权丫上。树影重重叠叠覆在我们上面，蔽住更上面的蓝穹。落下来的锈红蚀褐已经很多，但仍有很多的病叶，弥留在枝柯上面，犹堪支撑一座两丈多高的镶黄嵌赤的圆顶。无风的林间，不时有一张叶子飘飘荡荡地坠下。而地面，纵横的枝叫间，会传来一声不甚可解的窸窣，说不出是足拨的或是腹游的路过。

"你看,那是什么?"我转向劳悌芬。他顺我指点的方向看去。那是几棵银桦树间一片凹下去的地面,里面的桦叶都压得很平。

"好大的坑。"我说。

"是鹿,"他说,"昨夜大概有鹿来睡过。这一带有鹿。如果你住在湖边,就会看见它们结队去喝水。"

接着他躺了下来,枕在黑皮的树干上,穿着方头皮靴的脚交叠在一起。他仰面凝视叶隙透进来的碎蓝色。如是仰视着,他的脸上覆盖着纷沓的游移的叶影,红的朦胧叠着黄的模糊。他的鼻子投影在一边的面颊上,因为太阳已沉向西南方,被桦树的白干分割着的西南方,牵着一线金熔熔的地平。他的阔胸脯微微地起伏。

"Steve,你的家园多安静可爱。我真羡慕你。"

仰着的脸上漾开了笑容。不久,笑容静止下来。

"是很可爱啊,但不会永远如此。我可能给征到越南去。"

"那样,你去不去呢?"我说。

"如果征到我,就必须去。"

"你——怕不怕?"

"哦,还没有想过。美国的公路上,一年也要死五万人呢。我怕不怕？好多人赶着结婚。我同样地怕结婚。年纪轻轻的，就认定一个女孩，好没意思。"

"你没有女朋友吗?"我问。

"没有认真的。"

我茫然了。躺在面前的是这样的一个躯体，结实，美好，充溢的生命一直到指尖和趾尖。就是这样的一个躯体，没有爱过，也未被爱过，未被情欲燃烧过的一截空白。有一个东方人是他的朋友。冥冥中，在一个遥远的战场上，将有更多的东方人等着做他的仇敌。一个遥远的战场，那里的树和云从未听说过密歇根。

这样想着，忽然发现天色已经晚了。金黄的夕暮淹没了林外的平芜。乌鸦叫得原野加倍地空旷。有谁在附近焚烧落叶，空中漫起灰白的烟来，嗅得出一种好闻的焦味。

"我们回去吃晚饭吧。"劳悌芬说。

那年的秋季特别长，似乎，万圣节来得也特别迟。但到了万圣节，白昼已经很短了。太阳一下去，天很快就黑了，比《圣经》的封面还黑。吃过晚饭，劳悌芬问我累不累。

"不累。一点儿也不累。从来没有像这样好兴致。"

"我们开车去附近逛逛去。"

"好啊——今晚不是万圣节前夕吗？你怕不怕？"

"怕什么？"劳悌芬笑起来，"我们可以捉两个女巫回来。"

"对！捉回来，要她们表演怎样骑扫帚！"

全家人都哄笑起来。劳悌芬和我穿上厚毛衫与夹克。推门出去，在寒战的星光下，我们钻进西德产的小车。车内好冷，皮垫子冰人臀股，一切金属品都冰人肘臂。立刻，车窗上就呵了一层翳翳的雾气。车子上了十二号公路，速度骤增，成排的榆树向两侧急急闪避，白脚的树干反映着首灯的光，但榆树的巷子外，南密歇根的平原罩在一件神秘的黑巫衣里。劳悌芬开了暖气。不久，我的膝头便感到暖烘烘了。

"今晚开车特别要小心，"劳悌芬说，"有些小孩子会结队到邻近的村庄去捣蛋。小孩子边走边说笑，在公路边上，很容易发生车祸。今年，警察局在报上提醒家长，不要让孩子穿深色的衣服。"

"你小时候有没有闹过节呢？"

"怎么没有？我跟侯伯闹了好几年。"

"怎么一个捣蛋法？"

"哦，不给糖吃的话，就用烂泥糊在人家门口。或在窗子上画个鬼，或者用粉笔在汽车上涂些脏话。"

"倒是蛮有意思的。"

"现在渐渐不作兴这样了。父亲总说，他们小时候闹得比我们还凶。"

说着，车已上了跨越大税路的陆桥。桥下的车辆四巷来去地疾驶着，首灯闪动长长的光芒，向芝加哥，向陀里多。

"是印第安纳的超级税道。我家离州界只有七英里。"

"我知道。我在这条路上开过两次的。"

"今晚已经到过印第安纳了。我们回去吧。"

说着，劳悌芬把车子转进一条小支道，绕路回去。

"走这条路好些，"他说，"可以看看人家的节景。"

果然，远处闪着几星灯火。驶近时，才发现是十几户人家。走廊的白漆栏杆上，皆供着点燃的南瓜灯，南瓜如面，几何形的眼鼻展览着布拉克和毕加索，说不清是恐怖还是滑稽。有的廊上，悬着骑帚巫的怪异剪纸。打扮得更怪异的孩子们，正在拉人家的门铃。灯火自楼房的窗户透出来，映出洁白的窗帷。

接着劳悌芬放松了油门。路的右侧隐约显出几个矮小的人影。然后我们看出，一个是王，戴着金黄的王冠，持着权杖，披着黑色的大氅。一个是后，戴着银色的后冕，曳着浅紫色的衣裳。后面一个武士，手执斧钺，不过四五岁的样子。我们缓缓前行，等小小的朝廷越过马路。不晓得为什么，武士忽然哭了起来。国王劝他不听，气得骂起来。还是好心的王后把他牵了过去。

劳悌芬和我都笑起来。然后我们继续前进。劳悌芬哼起《出埃及》中的一首歌，低沉之中带点凄婉。我一面听，一面数路旁的南瓜灯。最后劳悌芬说：

"那一盏是我们家的南瓜灯了。"

我们把车停在铁丝网成的玉蜀黍圆仓前面。劳悌芬的母亲应铃来开门。我们进了木屋，一下子，便把夜的黑和冷和神秘全关在门外了。

"汤普森家的孩子们刚来过，"他的妈妈说，"爱弟装亚述王，简妮装贵妮薇儿，佛莱德跟在后面，什么也不像，连'不招待，就作怪'都说不清楚。"

"表演些什么？"劳悌芬笑笑说。

"简妮唱了一首歌。佛莱德什么都不会，硬给哥哥按在地上翻了一个筋斗。"

"汤姆怎么没来？"

"汤姆吗？汤姆说他已经大了，不搞这一套。"

那年的秋季特别长，似乎可以那样一直延续下去。那一夜，我睡在劳悌芬家楼上，想到很多事情。南密歇根的原野向远方无限地伸长，伸进不可思议的黑色的遗忘里。地上，有零零落落的南瓜灯。天上，秋夜的星座在人家的屋顶上电视的天线上在光年外排列百年前千年前第一个万圣节前就是那样的阵图。我想得很多，很乱，很不连贯。高粱肥。大豆香。从"越战"想到"韩战"想到抗战。想冬天就要来了空中嗅得出雪来今年的冬天我仍将每早冷醒在单人床上。大豆香。想大豆在密歇根香着在印第安纳在俄亥俄香着的大豆在另一个大陆有没有在香着？劳悌芬是个好男孩。我从来没有过弟弟。这部翻译小说，愈写愈长愈没有情节而且男主角愈益无趣，虽然气氛还算逼真。南瓜饼是好吃的，比苹果饼好吃些。高粱肥。大豆香。大豆香后又怎么样？我实在再也吟不下去了。我的床向秋夜的星空升起，升起。大豆香的下一句是什么？

那年的秋季特别长，所以说，我一整夜都浮在一首歌上。那些尚未收割的高粱，全失眠了。这么说，你就完全明白了，不是吗？那年的秋季特别长。

一九六六年十月

丹佛城

——新西域的阳关

　　城，是一片孤城。山，是万仞石山。城在新的西域。西域在新的大陆。新大陆在一九六九年的初秋。你问：谁是张骞？所有的白杨都在风中摇头，萧萧。但即使新大陆也不太新了。四百年前，还是红番各族出没之地，侠隐和阿拉帕火的武士纵马扬戈，呼啸而过。然后来了西班牙人。然后来了联邦的骑兵。忽然发一声喊："黄金，黄金，黄金！"便召来汹涌的淘金潮，喊热了荒冷的西部。于是凭空矗起了奥马哈、丹佛、雷诺。最后来的是我，来教淘金人的后人如何淘如何采公元前东方的文学——另一种金矿，更贵，更深。这件事，不想就不想，一想，就教人好生蹊跷。

一想起西域，就觉得好远，好空。新西域也是这样。科罗拉多的面积七倍于台湾，人口不到台湾的七分之一。所以西出阳关，不，我是说西出丹佛，立即车少人稀。事实上，新西域四巷竞走的现代驿道，只是千里漫漫的水泥荒原，只能行车，不可行人。往往，驶了好几十里，复不见人，鹿、兔、臭鼬之类倒不时掠过车前。西出阳关，何止不见故人，连红人也见不到了。

只见山。在左。在右。在前。在后。在脚下。在额顶。只有山永远在那里，红人搬不走，淘金人也淘它不空。在丹佛城内，沿任何平行的街道向西，远景尽处永远是山。西出丹佛，方觉地势渐险，已惊怪石当道，才一分钟，早陷入众峰的重围了。于是蔽天塞地的落基大山连嶂竞起，交苍接黛，一似岩石在玩叠罗汉的游戏。而要判断最后是哪一尊罗汉最高，简直是不可能的。因为三盘九弯之后，你以为这下子总该登峰造极了吧，等到再转一个坡顶，才发现后面，不，上面还有一峰，在一切借口之外傲然拔起，耸一座新的挑战。这样，山外生山，石上擎石，逼得天空也让无可让了。因为这是科罗拉多，新西域的大石帝国，在这里，石是一切。落基山是史前巨恐龙的化石，蟠蟠蜿蜿，矫乎千里，龙头在科罗拉多，犹有回首攫天吐气成云之势，龙尾一摆，伸出加拿大之外，昂成阿拉斯加。对于大石帝国而言，美利坚合众国只是两面山坡拼成，因为所谓"大陆分水岭"（Continental Divide），鼻梁一样，不偏不颇切过科罗拉多的州境。我说这是大石帝国，因为石中最崇高的一些贵族都簇拥在这里，成为永不退朝的宫廷。海拔一万四千英尺以上的雪峰，科罗拉多境内，就拥有五十四座，郁郁垒垒，亿万兆吨的花岗岩片麻岩在重重叠叠的青苍黯黮之上，擎起炫人眼眸的皑皑，似乎有一个冷冷的声音在上面说：最白的即最高。也就难怪丹佛的落日特别的早，四点半钟出门，天就黑下来了。西望落基诸峰，横障着多少重多少重的翠屏风啊！西行的车辆，上下盘旋为劳，一过下午三点，就落进一层深似一层的山影中了。

树，是一种爱攀山的生命，可是山太高时，树也会爬不上去的。秋天的白杨，千树成林，在熟得不能再熟的艳阳下，迎着已寒的山风翻动千层的黄金，映人眉眼，使灿烂的秋色维持一种动态美。世彭戏呼之为"摇钱树"，化俗为雅，且饶谐趣。譬如白杨，爬到八千多英尺，就集体停在那里，再也爬不上去了。再高，就只有针叶直干的松杉之类能够攀登。可是一旦高逾一万二三千英尺，越过了所谓"森林线"（timberline），即高贵挺拔的柏树也不胜苦寒，有时整座森林竟会秃毙在岭上，苍白的树干平行戟立得触目惊心，车过时，像检阅一长列死犹不仆的僵尸。

入山一深，感觉就显得有点异样。空气稀薄，呼吸为难，好像整座落基山脉就压在你胸口。同时耳鸣口干，头晕目涩，暂时产生一种所谓"高眩"（vertigo）的症状。圣诞节之次日，叶珊从西岸飞来山城，饮酒论诗，谈天说地，相与周旋了七晚才飞去。一下喷气式飞机，他就百症俱发，不胜晕山之苦。他在伯克利住了三年，那里的海拔只有七十五英尺，一听我说丹佛的高度是五千二百八十英尺，他立刻心乱意迷，以后数日，一直眼花落井，有若梦游。乃知枕霞餐露、骑鹤听松等等传说，也许可以期之费长房王子乔之属，像我们这种既抛不掉身份证又缺不了特效药的凡人，实在是难可与等期啊。费长房王子乔渺不可追，倒也罢了。来到大石帝国之后，竟常常想念两位亦仙亦凡的人物：一位是李白，另一位是米芾。不提苏轼，当然有欠公平，可是高处不胜寒的人，显然是不宜上落基山的。至于韩愈那样"小鸡"气，上华山而不敢下，竟觳觫坐地大哭，"恐高症"显然进入三期，不来科罗拉多也罢。李白每次登高，都兴奋得很可笑也很可爱。在峨眉山顶，"余亦能高咏"的狂士，居然"不敢高声语，恐惊天上人"，真是憨得要命吧。只是跟这样的人一起驾车，安全实在可忧。我来丹佛，驾车违禁的传票已经拿过四张。换了李白，斗酒应得传票百张。至于米芾那石癫，见奇石必衣冠而拜，也是心理分析的特佳对象。我想他可能患有一种"岩石意结"（rock complex），就像屈原可能患有"花狂"（floramania）一样。石奇必拜，究竟是什么用意呢？拜它的清奇高古呢，还是拜它的头角峥嵘？拜它的坚贞不移呢，还是拜它的神骨仙姿？总之这样的石痴石癖，与登落基大山，一定大有可观，说不定真会伏地不起，蝉蜕而成拜石教主呢。

说来说去，登高之际，生理的不适还在其次，心理的不安恐怕更难排除。人之为物，卑琐自囿得实在可悯。上了山后，于天为近，于人为远，一面兴奋莫名，飘飘自赏，一面又惶恐难喻，悚然以惊，怅然以疑。这是因为登高凌绝，灵魂便无所逃于赤裸的自然之前，而人接受伟大和美的容量是有限的，一次竟超过这限度，他就有不胜重负之感。将一握畏怯的自我，毫无保留地掷入大化，是可惧的。一滴水落入海中，是加入，还是被并吞？是加入的喜悦，还是被吞的恐惧？这种不胜之感，恐怕是所谓"恐闭症"的倒置吧。也许这种感觉，竟是放大了的"恐闭症"也说不定，因为入山既深，便成山囚，四望莫非怪石危壁，可堪一惊。因为人实在已经被文明娇养惯了，一旦拔出红尘十丈，市声四面，那种奇异的静便使他不安。所以现代人的狼狈是双重的：在工业社会里，他感到孤绝无援，但是一旦投入自然，他照样难以欣然神会。

而无论入山见山或者入山浑不见山，山总在那里是一个事实。也许踏破名山反而不如悠然见南山。时常，在丹佛市的闹街驶行，一脉青山，在车窗的一角悠然浮现，最能动人清兴。我在寺钟女子学院的办公室在崔德堂四楼。斜落而下的鳞鳞红瓦上，不时走动三五只灰鸽子，嘀嘀咕咕一下午的慵倦和温柔。偶尔，越过高高的橡树顶，越过风中的联邦星条旗和那边惠德丽教堂的联鸣钟楼，落基诸峰起伏的山势，似真似幻地涌进窗来。在那样的距离下，雄浑的山势只呈现一勾幽渺的轮廓，若隐若现若一弦琴音。最最壮丽是雪后，晚秋的太阳分外灿明，反映在五十英里外的雪峰上，皎白之上晃荡着金红的霞光，那种精巧灵致的形象，使一切神话显得可能。

每到周末，我的车首总指向西北，因为世彭在丹佛西北二十五英里的科罗拉多大学教书，他家就在落基山黛青的影下。那个山城就叫波德（Boulder），也就是庞然大石之意。一下了超级大道，才进市区，嵯峨峻峭的山势，就逼在街道的尽头，举起那样沉重的苍青黛绿，俯临在巾镇的上空，压得你抬不起眼睫。愈行愈近，山势愈益耸起，相对地，天空也愈益缩小，终于巨岩争立，绝壁削面而上，你完完全全暴露在眈眈的巉险之中。每次进波德市，我都要猛吸一口气，而且坐得直些。

到了山脚下的杨宅，就像到了家里一样，不是和世彭饮酒论戏（他是科罗拉多大学的戏剧教授），便是和他好客的夫人惟全摊开楚河汉界，下一盘象棋。晚餐后，至少还有两顿宵夜，最后总是以鬼故事结束。子夜后，市镇和山都沉沉睡去，三人才在幢幢魅影之中，怵然上楼就寝。他们在楼上的小书房里，特为我置了一张床，我戏呼之为"陈蕃之榻"。戏剧教授的书房，不免挂满各色面具。京戏的一些，虽然怒目横眉，倒不怎么吓人，唯有一张歌舞伎的脸谱，石灰白的粉面上，一对似笑非笑的细眼，红唇之间嚼着一抹非齿非舌的墨黑的什么，妩媚之中隐隐含着狰狞。只要一进门，她的眼睛就停在我的脸上，睐得我背脊发麻。所以第一件事就是把她取下来，关到抽屉里去。然后在落基山隐隐的鼾息里，告诉自己这已经够安全了，才勉强裹紧了毛毡入睡。第二天清晨，拉开窗帷，一大半是山，一小半是天空。而把天挤到一边去的，是屹屹于众山之上和白雾之上的奥都本峰，那样逼人眉睫，好像一伸臂，就染得你满手的草碧苔青。从波德出发，我们常常深入落基山区。九月间，到半山去看白杨林子，在风里炫耀黄金，回来的途中，系一枝白杨在汽车的天线上，算是俘虏了几片秋色。中秋节的午夜，我们一直开到山顶，在盈耳的松涛中，俯瞰三千英尺下波德的夜市。也许是心理作用，那夜的月色特别清亮，好像一抖大衣，便能抖落一地的水银。山的背后是平原是沙漠是海，海的那边是岛，岛的那边是大陆，旧大陆上是长城是汉时关秦时月。但除了寂寂的清辉之外，头顶的月什么也没说。抵抗不住高处的冷风，我们终于躲回车中，盘盘旋旋，开下山来。

　　月下的山峰，景色的奇幻，只有雪中的山峰可以媲美。先是世彭说了一个多月，下雪天一定要去他家，围着火锅饮酒听戏，然后踏雪上山，看结满坚冰的湖和山涧。他早就准备了酒、花生和一大锅下酒菜，偏偏天不下雪。然后十月初旬的一个早晨，在异样的寂静中醒来，觉得室内有一种奇幻的光。然后发现那只是一种反射，一层流动的白光浮漾在天花板上。四周阒阒寞寞，下面的街上更无一点车声。心知有异，立刻披衣起床。一拉窗帷，那样一大幅皎白迎面给我一掴，打得我猛抽一口气。好像是谁在一挥杖之间，将这座钢铁为筋水泥为骨的丹佛城吹成了童话的魔境，白天白地，冷冷的温柔覆盖着一切。所有的树都枝柯倒悬如垂柳，不胜白天鹅绒的重负。而除了几缕灰烟从人家烟囱的白烟斗里袅袅升起之外，茫然的白毫无遗憾的白将一切的一切网在一片惘然的忘记之中。目光尽处，落基山峰已把它重吨的沉雄和苍古羽化为几两重的一盘奶油蛋糕，好像一只花猫一舐就可以舐净那样。白。白。白。白外仍然是白外仍然是不分郡界不分州界的无疵的白，那样六角的结晶体那样小心翼翼的精灵图案一英寸一英寸地接过去接成了千里的虚无什么也不是的美丽，而新的雪花如亿万张降落伞似的继续在降落，降落在落基山的蛋糕上那边教堂的钟楼上降落在人家电视的天线上最后降落在我没戴帽子的发上。我冲上街去张开双臂几乎想大嚷一声结果只喃喃地说：冬啊冬啊你真的来了我要抱一大捧回去装在航空信封里寄给她一种温柔的思念美丽的求救信号说我已经成为山之囚后又成为雪之囚白色正将我围困。雪花继续降落，蹑手蹑脚，无声地依附在我的大衣上。雪花继续降落，像一群伶俐的精灵在跟我捉迷藏，我发动汽车，用雨刷子来回驱逐挡风玻璃上的积雪。

最过瘾是在第二天，积雪的皑皑重负压弯了枫榆和黑橡的枝丫，且造成许多断柯。每条街上都多少纵横着一些折枝，汽车迂回绕行其间，另有一种雅趣。行过两线分驶的林荫大道，下面溅起吱吱响的雪水，上面不时有零落的雪块自高高的枝丫上滑下，砰然落在车顶，或坠在挡风玻璃上，扬起一阵飞旋的白霰。这种美丽的奇袭最能激人豪兴，于是在加速的驶行中我吆喝起来，亢奋如一个马背上的牧人。也曾在五湖平原的密歇根冻过两个冰封的冬季，那里的雪更深，冰更厚，却没有这种奇袭的现象，因为中西部下雪，总在感恩节的前后，到那时秋色已老，叶落殆尽，但余残枝，因此雪的负荷不大。丹佛城高一英里，所谓高处不胜寒，一到九月底十月初，就开始下起雪来，有的树黄叶未落，有的树绿叶犹繁，乃有折枝满林断柯横道的异景。等到第三天，积雪成冰，枝枝丫丫就变成一丛丛水晶的珊瑚，风起处，琅琅相击有声。冰柱从人家的屋檐上倒垂下来，扬杖一挥，乒乒乓乓便落满一地的碎水晶。我的白车车首也悬满冰柱，看去像一只乱髭髯鬏的大号白猫，狼狈而可笑。

高处不胜寒，孤峙在新西域屋顶上的丹佛城，入秋以来，已然受到九次风雪的袭击。雪大的时候，丹佛城瑟缩在零下的气温里，如临大敌，有人换上雪胎，有人在车胎上加上铁链，辚辚辘辘，有一种重坦克压境的声威。州公路局的扫雪车全部出动，对空降的冬之白旅展开防卫战，在除雪之外，还要向路面的顽雪坚冰喷沙撒盐，维持数十万辆汽车的交通。我既不换雪胎，更不能忍受铁链铿铿对耳神经的迫害，因此几度陷在雪泥深处，不得不借路人之力，或者招来庞然如巨型螳螂的拖车，克服美丽而危险的

"白祸"。当然，这种不设防的汽车，只能绕着丹佛打转。上了一万英尺的雪山，没有雪胎铁链，守关人就要阻你前进。真正大风雪来袭的时候，地面积雪数英尺，空中雪扬成雾，百里茫茫，公路局就要在险隘的关口封山，于是一切车辆，从横行的黄貂鱼到猛烈的美洲豹到排天动地而来体魄修伟像一节火车车厢的重吨大卡车，都只能偃然冬蛰了。

就在第九次风雪围攻丹佛的开始，叶珊从西海岸越过万仞石峰飞来这孤城。可以说，他是骑在雪背上来的，因为从丹佛国际机场接他出来不到两分钟，那样轻巧的白雨就那样优优雅雅舒舒缓缓地下下来了。叶珊大为动容，说自从别了爱荷华，已经有三年不见雪了。我说爱荷华的那些往事提它做什么，现在来了山国雪乡，让我们好好聊一聊吧。当晚钟玲从威斯康星飞来，我们又去接她，在我的楼上谈到半夜，才冒着大雪送她回旅店。那时正是圣诞期间，"现代语文协会"在丹佛开年会，英文、法文、德文、意大利文、西班牙文，甚至中文日文的各种语文学者，来开会的多到八千人，一时咬牙切齿，喃喃喊喊，好像到了拜波之塔一样。第二天，叶珊正待去开会，我说："八千学者，不缺你一个，你不去，就像南极少了一头企鹅，谁晓得！"叶珊为他的疏懒找到一个遁词，心安理得，果然不甚出动，每天只是和我孵在一起，到了晚上，便燃起钟玲送我的茉莉蜡烛，一更，二更，三更，直聊到舌花谢尽眼花灿烂才各自爬回床去。临走前夕，为了及时送他去乘次晨七时的飞机，我特地买了一架华美无比的德产闹钟，放在他枕边。不料到时间了它完全不闹，只好延到第二天走。凭空多出来的一天，雪霁云开，碧空金阳的晴冷气候，爽朗得像一个北欧佳人。我载叶珊南下珂泉，去瞻仰有名的"众神乐园"。车过梁实秋闻一多的母校，叶珊动议何不去翻查两位前贤的"底细"。我笑笑说："你算了吧。"第二天清晨，闹钟响了，我的客人也走了。地上一排空酒瓶子，是他七晚的成绩。而雪，仍然在下着。

等到刘国松挟四十幅日月云烟也越过大哉落基飞落丹佛时，第九场雪已近尾声了。身为画家，国松既不吸烟，也不饮酒，甚至不胜啤酒，比我更清教。我常笑他不云不雨，不成气候。可是说到饕餮，他又胜我许多。于是风自西北来，吹来世彭灶上的饭香，下一刻，我们的白车便在丹佛波德间的公路上疾驶了。到波德正是半下午的光景，云翳寒日，已然西倾。先是前几天世彭和我踹着新雪上山，在皓皓照人的绝壁下，说这样的雪景，国松应该来膜拜一次才对。现在画家来了，我们就推他入画。车在势蟠龙蛇黛黑纠缠着皎白的山道上盘旋上升，两侧的冰壁上淡淡反映冷冷的落晖。寂天寞地之中，千山万山都陷入一种清癯而古远的冷梦，像在追忆冰河期的一些事情。也许白发的朗斯峰和劳伦斯峰都在回忆，六千万年以前，究竟是怎样孔武的一双手，怎样肌腱勃怒地一引一推，就把它们拧得这样皱成一堆，鸟在其中，兔和松鼠和红狐和山羊在其中，松柏和针枞和白杨在其中，科罗拉多河阿肯色河诞生在其中。道旁的乱石中，山涧都已结冰，偶然，从一个冰窟窿底，可以隐隐窥见，还没有完全冻死的涧水在下面琤琤琮琮地奔流，向暖洋洋的海。一个戴遮耳皮帽的红衣人正危立在悬崖上，向乱石堆中的几只啤酒瓶练靶，枪声瑟瑟，似乎炸不响凝冻的寒气，只擦出一条尖细的颤音。

转过一个石岗子，眼前豁然一亮，万顷皑皑将风景推拓到极远极长，那样空阔的白颤颤地刷你的眼睛。在猛吸的冷气中，一瞬间，你幻觉自己的睫毛都冻成了冰柱。下面，三百英尺下平砌着一面冰湖，从此岸到彼岸，一抚十英里的湖面是虚无的冰，冰，冰上是空幻的雪。此外一无所有，没有天鹅，也没有舞者。只有冷然的音乐，因为风在说，这里是千山啊万山的心脏，一片冰心，浸在白玉的壶里。如此而已，更无其他。忽然，国松和世彭发一声喊，挥臂狂呼像叫阵的印第安人，齐向湖面奔去。雪，还在下着。我立在湖岸，把两臂张到不可能的长度，就在那样空

无的冰空下，一刹那，不知道究竟要拥抱天，拥抱湖，拥
抱落日，还是要拥抱一些更远更空的什么，像中国。

　　　　　　　　　　　　一九七〇年一月于丹佛

听听那冷雨

　　惊蛰一过，春寒加剧。先是料料峭峭，继而雨季开始，时而淋淋漓漓，时而淅淅沥沥，天潮潮地湿湿，即连在梦里，也似乎把伞撑着。而就凭一把伞，躲过一阵潇潇的冷雨，也躲不过整个雨季。连思想也都是潮润润的。每天回家，曲折穿过金门街到厦门街迷宫式的长巷短巷，雨里风里，走入霏霏令人更想入非非。想这样子的台北凄凄切切完全是黑白片的味道，想整个中国整部中国的历史无非是一张黑白片子，片头到片尾，一直是这样下着雨的。这种感觉，不知道是不是从安东尼奥尼那里来的。不过那一块土地是久违了，二十五年，四分之一的世纪，即使有雨，也隔着千山万山，千伞万伞。二十五年，一切都断了，只有气候，只有气象报告还牵连在一起。大寒流从那块土地上弥天卷来，这种酷冷吾与古大陆分担。不能扑进她怀里，被她的裙边扫一扫吧也算是安慰孺慕之情。

这样想时，严寒里竟有一点温暖的感觉了。这样想时，他希望这些狭长的巷子永远延伸下去，他的思路也可以延伸下去，不是金门街到厦门街，而是金门到厦门。他是厦门人，至少是广义的厦门人，二十年来，不住在厦门，住在厦门街，算是嘲弄吧，也算是安慰。不过说到广义，他同样也是广义的江南人，常州人，南京人，川娃儿，五陵少年。杏花春雨江南，那是他的少年时代了。再过半个月就是清明。安东尼奥尼的镜头摇过去，摇过去又摇过来。残山剩水犹如是。皇天后土犹如是。纭纭黔首纷纷黎民从北到南犹如是。那里面是中国吗？那里面当然还是中国永远是中国。只是杏花春雨已不再，牧童遥指已不再，剑门细雨渭城轻尘也都已不再。然则他日思夜梦的那片土地，究竟在哪里呢？

在报纸的头条标题里吗？还是香港的谣言里？还是傅聪的黑键白键马思聪的跳弓拨弦？还是安东尼奥尼的镜底勒马洲的望中？还是呢，故宫博物院的壁头和玻璃橱内，京戏的锣鼓声中太白和东坡的韵里？

杏花。春雨。江南。六个方块字，或许那片土就在那里面。而无论赤县也好神州也好中国也好，变来变去，只要仓颉的灵感不灭美丽的中文不老，那形象，那磁石一般的向心力当必然长在。因为一个方块字是一个天地。太初有字，于是汉族的心灵他祖先的回忆和希望便有了寄托。譬如凭空写一个"雨"字，点点滴滴，滂滂沱沱，淅淅沥沥淅沥，一切云情雨意，就宛然其中了。视觉上的这种美感，岂是什么rain也好pluie也好所能满足？翻开一部《辞源》或《辞海》，金木水火土，各成世界，而一入"雨"部，古神州的天颜千变万化，便悉在望中，美丽的霜雪云霞，骇人的雷电霹雹，展露的无非是神的好脾气与坏脾气，气象台百读不厌门外汉百思不解的百科全书。

听听，那冷雨。看看，那冷雨。嗅嗅闻闻，那冷雨。舔舔吧，那冷雨。雨在他的伞上这城市百万人的伞上雨衣上屋上天线上，雨下在基隆港在防波堤在海峡的船上，清明这季雨。雨是女性，应该最富于感性。雨气空蒙而迷幻，细细嗅嗅，清清爽爽新新，有一点点薄荷的香味，浓的时候，竟发出草和树沐发后特有的淡淡土腥气，也许那竟是蚯蚓和蜗牛的腥气吧，毕竟是惊蛰了啊。也许地上的地下的生命也许古中国层层叠叠的记忆皆蠢蠢而蠕，也许是植物的潜意识和梦吧，那腥气。

第三次去美国，在高高的丹佛他山居了两年。美国的西部，多山多沙漠，千里干旱，天，蓝似盎格鲁-撒克逊人的眼睛，地，红如印第安人的肌肤，云，却是罕见的白鸟。落基山簇簇耀目的雪峰上，很少飘云牵雾。一来高，二来干，三来森林线以上，杉柏也止步，中国诗词里"荡胸生层云"，或是"商略黄昏雨"的意趣，是落基山上难睹的景象。落基山岭之胜，在石，在雪。那些奇岩怪石，相叠互倚，砌一场惊心动魄的雕塑展览，给太阳和千里的风看。那雪，白得虚虚幻幻，冷得清清醒醒，那股皑皑不绝一仰难尽的气势，压得人呼吸困难，心寒眸酸。不过要领略"白云回望合，青霭入看无"的境界，仍须回来中国。台湾湿度很高，最饶云气氤氲雨意迷离的情调。两度夜宿溪头，树香沁鼻，宵寒袭肘，枕着润碧湿翠苍苍交叠的山影和万籁都歇的岑寂，仙人一样睡去。山中一夜饱雨，次晨醒来，在旭日未升的原始幽静中，冲着隔夜的寒气，踏着满地的断柯折枝和仍在流泻的细股雨水，一径探入森林的秘密，曲曲弯弯，步上山去。溪头的山，树密雾浓，蓊郁的水汽从谷底冉冉升起，时稠时稀，蒸腾多姿，幻化无定，只能从雾破云开的空处，窥见乍现即隐的一峰半壑，要纵览全貌，几乎是不可能的。至少入山两次，只能在白茫茫里和溪头诸峰玩捉迷藏的游戏。回到台北，世人问起，除了笑而不答心自闲，故作神秘之外，实际的印象，也无非山在虚无之间罢了。云缭烟绕，山隐水迢的中国风景，由来予人宋画的韵味。那天下也许是赵家的天下，那山水却是米家的山水。而究竟，是米氏父子下笔像中国的山水，还是中国的山水上纸像宋画，恐怕是谁也说不清楚了吧？

雨不但可嗅，可观，更可以听。听听那冷雨。听雨，只要不是石破天惊的台风暴雨，在听觉上总是一种美感。大陆上的秋天，无论是疏雨滴梧桐，或是骤雨打荷叶，听去总有一点凄凉，凄清，凄楚，于今在岛上回味，则在凄楚之外，更笼上一层凄迷了。饶你多少豪情侠气，怕也禁不起三番五次的风吹雨打。一打少年听雨，红烛昏沉。两打中年听雨，客舟中，江阔云低。三打白头听雨在僧庐下，这便是亡宋之痛，一颗敏感心灵的一生：楼上，江上，庙里，用冷冷的雨珠子串成。十年前，他曾在一场摧心折骨的鬼雨中迷失了自己。雨，该是一滴湿漓漓的灵魂，窗外在喊谁。

雨打在树上和瓦上，韵律都清脆可听。尤其是铿铿敲在屋瓦上，那古老的音乐，属于中国。王禹偁在黄冈，破如椽的大竹为屋瓦。据说住在竹楼上面，急雨声如瀑布，密雪声比碎玉，而无论鼓琴，咏诗，下棋，投壶，共鸣的效果都特别好。这样岂不像住在竹筒里面，任何细脆的声响，怕都会加倍夸大，反而令人耳朵过敏吧。

雨天的屋瓦，浮漾湿湿的流光，灰而温柔，迎光则微明，背光则幽暗，对于视觉，是一种低沉的安慰。至于雨敲在鳞鳞千瓣的瓦上，由远而近，轻轻重重轻轻，夹着一股股的细流沿瓦槽与屋檐潺潺泻下，各种敲击音与滑音密织成网，谁的千指百指在按摩耳轮。"下雨了。"温柔的灰美人来了，她冰冰的纤手在屋顶拂弄着无数的黑键啊灰键，把晌午一下子奏成了黄昏。

在古老的大陆上，千屋万户是如此。二十多年前，初来这岛上，日式的瓦屋亦是如此。先是天暗了下来，城市像罩在一块巨幅的毛玻璃里，阴影在户内延长复加深。然后凉凉的水意弥漫在空间，风自每一个角落里旋起，感觉得到，每一个屋顶上都呼吸沉重覆着灰云。雨来了，最轻的敲打乐敲打这城市，苍茫的屋顶，远远近近，一张张敲过去，古老的琴，那细细密密的节奏，单调里自有一种柔婉与亲切，滴滴点点滴滴，似幻似真，若孩时在摇篮里，一曲耳熟的童谣摇摇欲睡，母亲吟哦鼻音与喉音。或是在江南的泽国水乡，一大筐绿油油的桑叶被啃于千百头蚕，细细琐琐屑屑，口器与口器咀咀嚼嚼。雨来了，雨来的时候瓦这么说，一片瓦说千亿片瓦说，说轻轻地奏吧沉沉地弹，徐徐地叩吧挞挞地打，间间歇歇敲一个雨季，即兴演奏从惊蛰到清明，在零落的坟上冷冷奏挽歌，一片瓦吟千亿片瓦吟。

在日式的古屋里听雨，听四月，霏霏不绝的黄梅雨，朝夕不断，旬月绵延，湿黏黏的苔藓从石阶下一直侵到他舌底，心底。到七月，听台风台雨在古屋顶上一夜盲奏，千寻海底的热浪沸沸被狂风挟来，掀翻整个太平洋只为向他的矮屋檐重重压下，整个海在他的蜗壳上哗哗泻过。不然便是雷雨夜，白烟一般的纱帐里听羯鼓一通又一通，滔天的暴雨滂滂沛沛扑来，强劲的电琵琶忐忑忐忑忐忑，弹动屋瓦的惊悸腾腾欲掀起。不然便是斜斜的西北雨斜斜，刷在窗玻璃上，鞭在墙上，打在阔大的芭蕉叶上，一阵寒濑泻过，秋意便弥漫日式的庭院了。

在日式的古屋里听雨，春雨绵绵听到秋雨潇潇，从少年听到中年，听听那冷雨。雨是一种单调而耐听的音乐是室内乐是室外乐，户内听听，户外听听，冷冷，那音乐。雨是一种回忆的音乐，听听那冷雨，回忆江南的雨下得满地是江湖下在桥上和船上，也下在四川在秧田和蛙塘下肥了嘉陵江下湿布谷咕咕的啼声。雨是潮潮润润的音乐下在渴望的唇上舐舐那冷雨。

因为雨是最最原始的敲打乐从记忆的彼端敲起。瓦是最最低沉的乐器灰蒙蒙的温柔覆盖着听雨的人，瓦是音乐的雨伞撑起。但不久公寓的时代来临，台北你怎么一下子长高了，瓦的音乐竟成了绝响。千片万片的瓦翩翩，美丽的灰蝴蝶纷纷飞走，飞入历史的记忆。现在雨下下来下在水泥的屋顶和墙上，没有音韵的雨季。树也砍光了，那月桂，那枫树，柳树和擎天的巨椰，雨来的时候不再有从叶嘈嘈切切，闪动湿湿的绿光迎接。鸟声减了啾啾，蛙声沉了咯咯，秋天的虫吟也减了唧唧。七十年代的台北不需要这些，一个乐队接一个乐队便遣散尽了。要听鸡叫，只有去《诗经》的韵里寻找。现在只剩下一张黑白片，黑白的默片。

正如马车的时代去后，三轮车的时代也去了。曾经在雨夜，三轮车的油布篷挂起，送她回家的途中，篷里的世界小得多可爱，而且躲在警察的辖区以外。雨衣的口袋越大越好，盛得下他的一只手里握一只纤纤的手。台湾的雨季这么长，该有人发明一种宽宽的双人雨衣，一人分穿一只袖子，此外的部分就不必分得太苛。而无论工业如何发达，一时似乎还废不了雨伞。只要雨不倾盆，风不横吹，撑一把伞在雨中仍不失古典的韵味。任雨点敲在黑布伞或是透明的塑胶伞上，将骨柄一旋，雨珠向四方喷溅，伞缘便旋成了一圈飞檐。跟女友共一把雨伞，该是一种美丽的合作吧。最好是初恋，有点兴奋，更有点不好意思，若即若离之间，雨不妨下大一点。真正初恋，恐怕是兴奋得不需要伞的，手牵手在雨中狂奔而去，把年轻的长发和肌肤交给漫天的淋淋漓漓，然后向对方的唇上颊上尝凉凉甜甜的雨水。不过那要非常年轻且激情，同时，也只能发生在法国的新潮片里吧。

　　大多数的雨伞想来不会为约会张开。上班下班，上学放学，菜市来回的途中，现实的伞，灰色的星期三。握着雨伞，他听那冷雨打在伞上。索性更冷一些就好了，他想。索性把湿湿的灰雨冻成干干爽爽的白雨，六角形的结晶体在无风的空中回回旋旋地降下来，等须眉和肩头白尽时，伸手一拂就落了。二十五年，没有受故乡白雨的祝福，或许发上下一点白霜是一种变相的自我补偿吧。一位英雄，禁得起多少次雨季？他的额头是水成岩削成还是火成岩？他的心底究竟有多厚的苔藓？厦门街的雨巷走了二十年，与记忆等长，一座无瓦的公寓在巷底等他，一盏灯在楼上的雨窗子里，等他回去，向晚餐后的沉思冥想去整理青苔深深的记忆。前尘隔海。古屋不再。听听那冷雨。

　　　　　　　　　　　　　　　一九七四年春分之夜

高速的联想

　　那天下午从九龙驾车回马料水，正是下班时分，大埔路上，高低长短形形色色的车辆，首尾相衔，时速二十五英里。一只鹰看下来，会以为那是相对爬行的两队单角蜗牛，单角，因为每辆车只有一根收音机天线。不料快到沙田时，莫名其妙地塞起车来，一时单角的蜗牛都变成了独须的病猫，废气暖暖，马达喃喃，像集体在腹诽狭窄的公路。熄火又不能，因为每隔一会，整条车队又得蠢蠢蠕动。前面究竟在搞什么鬼，方向盘的舵手谁也不知道。载道的怨声和咒语中，只有我沾沾自喜，欣然独笑。俯瞥仪表板上，从左数过来第七个蓝色钮键，轻轻一按，我的翠绿色小车忽然离地升起，升起，像一片逍遥的绿云牵动多少愕然仰羡的眼光，悠悠扬扬向东北飞逝。

那当然是真的：在拥挤的大埔路上，我常发那样的狂想。我爱开车。我爱操纵一架马力强劲反应灵敏野蛮又柔驯的机器，我爱方向盘在掌中微微颤动四轮在身体下面平稳飞旋的那种感觉，我爱用背肌承受的压力去体会曲折起伏的地形山势，一句话，我崇拜速度。阿拉伯的劳伦斯曾说："速度是人性中第二种古老的兽欲。"以运动的速度而言，自诩万物之灵的人类是十分可怜的。褐雨燕的最高时速，是二百九十点五英里。狩猎的鹰在俯冲下扑时，能快到每小时一百八十英里。比赛的鸽子，有九十六点二九英里的时速。兽中最迅速的选手是豹和羚羊：长腿黑斑的亚洲豹，绰号"猎豹"者，在短程冲刺时，时速可到七十英里，可惜五百码后，就降成四十多英里了；叉角羚羊奋蹄疾奔，可以维持六十英里时速。和这些相比，"动若脱兔"只能算"中驷之才"：英国野兔的时速不过四十五英里。"白驹过隙"就更慢了，骑师胯下的赛马每小时只驰四十三点二六英里。人的速度最是可怜，一百码之外只能达到二十六点二二英里的时速。

可怜的凡人，奔腾不如虎豹，跳跃不如跳蚤，游泳不如旗鱼，负重不如蚂蚁，但是人会创造并驾驭高速的机器，以逸待劳，不但突破自己体能的极限，甚至超迈飞禽走兽，意气风发，逸兴遄飞之余，几疑可以追神迹，蹑仙踪。高速，为什么令人兴奋呢？生理学家一定有他的解释，例如循环加速、心跳变剧等等。但在心理上，至少在潜意识里，追求高速，其实是人与神争的一大欲望：地心引力是自然的法则，也就是人的命运，高速的运动就是要反抗这法则，虽不能把它推翻，至少可以把它的限制压到最低。赛跑或赛车的选手打破世界纪录的那一刹那，是一闪宗教的启示，因为凡人体能的边疆，又向前推进了一步，而人进一步，便是神退一步，从此，人更自由了。

滑雪、赛跑、游泳、赛车、飞行等等的选手，都称得上英雄。他们的自由和光荣是从神手里，不是从别人的手里，夺过来的。他们所以成为英雄，不是因为牺牲了别人，而是因为克服了自然，包括他们自己。

若论紧张刺激的动感，高速运动似乎有这么一个原则，就是：凭借的机械愈多，和自然的接触就愈少，动感也就减小。赛跑，该是最直接的运动。赛马，就间接些，但凭借的不是机械，而是一匹汗油生光肌腱勃怒奋鬣扬蹄的神驹。最间接的，该是赛车了，人和自然之间，隔了一只铁盒，四只轮胎。不过，愈是间接的运动，就愈高速。这对于生就低速之躯的人类说来，实在是一件难以两全的事情。其他动物面对自己天生的体速，该都是心安理得，受之怡然的吧？我常想，一只时速零点零三英里的蜗牛，放在跑车的挡风玻璃里去看剧动的世界，会有怎样的感受？

许多人爱驾敞篷的跑车，就是想在高速之中，承受、享受更多的自然：时速超过七十五英里，八十英里，九十英里，全世界轰然向你扑来，发交给风，肺交给激湍洪波的气流，这时，该有点飞的感觉了吧。阿拉伯的劳伦斯有耐性骑骆驼，却不耐烦驾驶汽车：他认为汽车是没有灵性的东西，只合在风雨中乘坐。从沙漠回到文明，才下了骆驼背，他便跨上电单车，去拜访哈代和萧伯纳。他在电单车上，每月至少驰骋两千四百英里，快的时候，时速高达一百英里，终因车祸丧生。

我骑过五年单车，也驾过四年汽车，却从未驾过电单车，但劳伦斯驰骤生风的豪情，我可以仿佛想象。电单车的骁腾慓悍，远在单车之上，而冲风抢路身随车转的那种投入感，更远胜靠在桶形椅背踏在厚地毯上的方向舵手。电影《逍遥游》（*Easy Rider*）里，三骑士在美国西南部的沙漠里直线疾驰的那一景，在摇滚乐亢奋的节奏下，是现代电影的高潮之一。我想，在潜意识里，现代少年是把桀骜难驯的电单车当马骑的：现代骑士仍然是戴盔着靴，而两脚踏镫双肘向外分掌龙头两角的骑姿，却富于浪漫的夸张，只有马达的厉啸逆人神经而过，比不上古典的马嘶。

现代车辆的引擎，用马力来标示电力，依稀有怀古之风。准此，则敞篷车可以比拟远古的战车，而四门的"轿车"（sedan）更是复古了。二十世纪六十年代的中期，福特车厂驱出的"野马"（Mustang）号拟跑车，颈长尾短，慓悍异常，一时纵横于超级公路，逼得克莱斯勒车厂只好放出一群修矫灵猛的"战马"（Charger）来竞逐。

我学开车，是在一九六四年的秋天。当时我从皮奥瑞亚去爱荷华访叶珊与黄用，一路上，火车误点，灰狗的长途车转车费时，这才省悟，要过州历郡亲身去纵览惠特曼和桑德堡诗中体魄雄伟的美国，手里必须有一个方向盘。父亲在国内闻言大惊，一封航空信从松山飞来，力阻我学驾车。但无穷无尽更无红灯的高速公路在夐阔自由的原野上张臂迎我，我的逻辑是：与其把生命交托给他人，不如握在自己的手里。学了七小时后，考到了驾驶执照。发那张硬卡给我的美国警察说："公路是你的了，别忘了，命也是你的。"

奇妙的方向盘，转动时世界便绕着你转动，静止时，公路便平直如一条分发线。前面的风景为你剖开，后面的背景呢，便在反光镜中缩成微小，更微小的幻影。时速上了七十英里，反光镜中分巷的白虚线便疾射而去如空战时机枪连闪的子弹，万水千山，记忆里，漫漫的长途远征全被魔幻的反光镜收了进去，再也不放出来了。"欢迎进入内布拉斯卡""欢迎来加利福尼亚""欢迎来内华达"，闯州穿郡，记不清越过多少条边界，多少道税关。高速令人兴奋，因为那纯是一个动的世界，挡风玻璃是一望无餍的窗子，光景不息，视域无限，油门大开时，直线的超级大道变成一条巨长的拉链，拉开前面的远景蜃楼摩天绝壁拔地倏忽都削面而逝成为车尾的背景被拉链又拉拢。高速，使整座雪山簇簇的白峰尽为你回头，千顷平畴旋成车轮滚滚的辐辏。春去秋来，多变的气象在挡风窗上展示着神的容颜：风沙雨露和冰雪，烈日和冷月，沙漠里的飞蓬，草原夏夜密密麻麻的虫尸，扑面踹来大卡车轮隙踢起的卵石，这一切，都由那一方弧形的大玻璃共同承受。

从海岸到海岸，从极东的森林洞（Woods Hole）浸在大西洋的寒碧到太平洋暖潮里浴着的长堤，不断的是我的轮印横贯新大陆。坦荡荡四巷并驱的大道自天边伸来又没向天边。美利坚，卷不尽展不绝一幅横轴的山水只为方向盘后面的远眺之目而舒放。现代的徐霞客坐游异域的烟景，为我配音的不是古典的马蹄嘚嘚风帆飘飘，是八汽缸引擎轻快的低吟。

二十轮轰轰地翻滚，体格修长而魁梧的铝壳大卡车，身长数倍于一辆小轿车，超它时全身的神经紧缩如猛收一张网，胃部隐隐地痉挛，两车并驰，就像在狭长的悬崖上和一匹犀牛赛跑，真是疯狂。一时小车惊窜于左，重吨的货柜车奔腾而咆哮于右，右耳太浅，怎盛得下那样一旋涡的骚音？一九六五年初，一个苦寒凛冽的早晨，灰白迷蒙的天色像一块毛玻璃，道奇小车载我自芝加哥出发，碾着满地的残雪碎冰，一日七百英里的长征，要赶回盖提斯堡去。出城的州际公路上，遇上了重载的大货车队，首尾相衔，长可半英里，像一道绝壁蔽天水声震耳的大峡谷，不由分说，将我夹在缝里，挟持而去。就这样一直对峙到印第安纳州境，车行渐稀，才放我出峡。

后来驶车日久，这样的超车也不知经历过多少次了，浑不觉二十轮卡车有多威武，直到前几天，在香港的电视上看到了斯皮尔伯格导演的惊悚片《决斗》（Duel）。一位急于回家的归客，在野外公路上超越一辆庞然巨物的油车，激怒了高踞驾驶座上的隐身司机，油车变成了金属的恐龙怪兽，挟其邪恶的暴力盲目地冲刺，一路上天崩地塌火杂杂衔尾追来。反光镜里，惊瞥赫现那油车的车头已经是一头狂兽，而一进隧道，车灯亮起，可骇目光灼灼黑凛凛一尊妖牛。看过斯皮尔伯格后期作品《大白鲨》，就知道在《决斗》里，他是把那辆大油车当作一匹猛兽来处理的，但它比大白鲨更凶顽更神秘，更令人分泌肾上腺素。

香港是一个弯曲如爪的半岛旁错落着许多小岛，地形分割而公路狭险，最高的时速不过五十英里，一般时速都在四十英里以下，再好的车再强大的马力也不能放足驰骤。低速的大埔路上，蜗步在一串慢车的背影之后，常想念美国中西部大平原和西南部沙漠里，天高路邈，一车绝尘，那样无阻的开阔空旷。虽说能源的荒年，美国把超级公路的限速降为每小时五十五英里，去年八月我驶车在南加州，时速七十英里，也未闻警笛长啸来追逐。

更念烟波相接，一座多雨的岛上，多少现代的愚公，亚热带小阳春的艳阳下在移山开道，开路机的履带轧轧，铲土机的巨螯孔武地举起，起重机碌碌地滚着辘轳，为了铺一条巨毡从基隆到高雄，迎接一个新时代的驶来。那样壮阔的气象，四衢无阻，千车齐毂并驰的路景，郑成功、吴凤没有梦过，阿美人、泰雅人的民谣从不曾唱过。我要拣一个秋晴的日子，左窗亮着金艳艳的晨曦，从台北出发，穿过牧神最绿最翠的辖区，腾跃在世界最美丽的岛上；而当晚从高雄驰回台北，我要驰限速甚至纵一点超速，在亢奋的脉搏中，写一首现代诗歌咏带一点汽油味的牧神，像陶潜和王维从未梦过的那样。

更大的愿望，是在更古老更多回声的土地上驰骋。中国最浪漫的一条古驿道，应该在西北。最好是细雨霏霏的黎明，从渭城出发，收音机天线上系着依依的柳枝。挡风窗上犹浥着轻尘，而渭城已渐远，波声渐渺。《甘州曲》《凉州词》《阳关三叠》的节拍里车向西北，琴音诗韵的河西孔道，右边是古长城的雉堞隐隐，左边是青海的雪峰簇簇，白耀天际，我以七十英里高速驰入张骞的梦高适岑参的世界，轮印下重重叠叠多少古英雄长征的蹄印。

一九七七年元月

花　鸟

　　客厅的落地长窗外，是一方不能算小的阳台，黑漆的栏杆之间，隐约可见谷底的小村，人烟暖暖。当初发明阳台的人，一定是一位乐观外向的天才，才会突破家居的局限，把一个幻想的半岛推向户外，向山和海，向半空晚霞和一夜星斗。

　　阳台而无花，犹之墙壁而无画，多么空虚。所以一盆盆的花，便从下面那世界搬了上来。也不知什么时候起，栏杆三面竟已偎满了花盆，但这种美丽的移民一点也没有计划，欧阳修所谓的"浅深红白宜相间，先后仍须次第栽"，是完全谈不上的。这么十几盆盆栽，有的是初来此地，不畏辛劳，挤三等火车抱回来的，有的是同事离开中山大学的遗爱，也有的，是买了车后供在后座带回来的。无论是什么来历，我们都一般看待。花神的孩子，名号不同，容颜各异，但迎风招展的神态都是动人的。

朝西一隅，是茎藤四延和栏杆已绸缪难解的紫藤，开的是一串串粉白带浅紫的花朵。右边是一盆桂苗，高只近尺，花时竟也有高洁清雅的异香，随风漾来。近邻是两盆茉莉和一盆玉兰。这两种香草虽不得列于《离骚》狂吟的芳谱，她们细腻而幽邃的远芬，却是我无力抵抗的。开窗的夏夜，她们的体香回泛在空中，一直远飘来书房里，嗅得人神摇摇而意惚惚，不能久安于座，总忍不住要推纱门出去，亲近亲近。比较起来，玉兰修长的白瓣香得温醇些，茉莉的丛蕊似更醉鼻餍心，总之都太迷人。

再过去是两盆海棠。浅红色的花，油绿色的叶，相配之下，别有一种民俗画的色调，最富中国韵味，而秋海棠叶的象征，从小已印在心头。其旁还有一盆铁海棠，虬蔓郁结的刺茎上，开出四瓣对称的深红小花。此花生命力最强，暴风雨后，只有他屹立不摇，颜色不改。再向右依次是绣球花、蟹爪兰、昙花、杜鹃。蟹爪兰花色洋红而神态凌厉，有张牙奋爪作势攫人之意，简直是一只花魔，令我不敢亲近。昙花已经绽过三次，　次还是双蓓对开，真是吉夕素仙。夏秋之间，一夕盛放，皎白的千层长瓣，眼看她恣纵迅疾地展开，幽幽地吐出粉黄娇嫩的簇蕊，却像一切奇迹那样，在目迷神眩的异光中，甫启即闭了。一年含蓄，只为一夕的挥霍，大概是芳族之中最羞涩最自谦最没有发表欲的一姝了。

在这些空中半岛，啊不，空中花园之上，我是两园丁之一，专掌浇水，每日夕阳沉山，便在晚霞的浮光里，提一把白柄蓝身的喷水壶，向众芳施水。另一位园丁当然是阳台的女主人，专司杀虫施肥，修剪枝叶，翻掘盆土。有时蓓蕾新发，野雀常来偷食，我就攘臂冲出去，大声驱逐。而高台多悲风，脚下那山谷只敞对海湾，海风一起，便成了老子所谓"虚而不屈，动而愈出"的一具风箱。于是便轮到我一盆盆搬进屋来。寒流来袭，亦复如此。女园丁笑我是陶侃运甓。美，也是有代价的。

无风的晴日，盆花之间常偎一只白漆的鸟笼。里面的客人是一只灰翼蓝身的小鹦鹉，我为它取名蓝宝宝。走近去看，才发现翅膀不是全灰，而是灰中间白，并带一点点蓝；颈背上是一圈圈的灰纹，两翼的灰纹则弧形相掩，饰以白边，状如鱼鳞。翼尖交叠的下面，伸出修长几近半身的尾巴，毛色深孔雀蓝，常在笼栏边拂来拂去。身体的细毛蓝得很轻浅，很飘逸。胸前有一片白羽，上覆浑圆的小蓝点，点数经常在变，少则两点，长全时多至六点，排成弧形，像一条项链。

蓝宝宝的可爱，不只外貌的娇美。如果你有耐性，多跟它做一会儿伴，就会发现它的语言天才。它参加我们的生活成为最受宠爱的"小家人"才半年，韩惟全由美游港，在我们家小住数日，首先发现它在牙牙学语，学我们的人语。起先我们不信，以为它时发时歇的咿唔咳喋，不过是禽类的哓哓自语，无意识的饶舌罢了。经惟全一提醒，蓝宝宝的断续鸟语，在侧耳细听之下，居然有点人话的意思。只是有时嗫嚅吞吐，似是而非，加以人腔鸟调，句读含混不清，那意境在人禽之间，恐怕连公冶长再世，也难以体会，更无论圣芳济了。

幸运的时候，蓝宝宝会吐出三两个短句："小鸟过来""干什么""知道了""臭鸟不乖"，还有节奏起伏的"小鸟小鸟小小鸟"。小小曲喙的发音设备，毕竟和人嘴不可"同日而语"，所以人语的唇音齿音等等，蓝宝宝虽有娓娓巧舌，仍是模拟难工的。听说要小鹦鹉认真学话，得先施以剪舌的手术，剪了之后就不会那么"大舌头"了。此举是否见效，我不知道，但为了推行人语而违反人道，太无聊也太残忍了，我是绝对不肯的。无所不载无所不容的这世界，属于人，也属于花、鸟、虫、鱼；人类之间，禁止别人发言或强迫人人千口一词，也就够威武的了，又何必向禽兽去行人政呢？因此，盆中的铁海棠，女园丁和我都任其自然，不加扭曲，而蓝宝宝呢，会讲几句人话，固然能取悦于人，满足主人的虚荣心，我们也任其自由发展，从不刻意去教它。写到这里，又听见蓝宝宝在阳台上叫了。不过这一次它是和外面的野雀呼应酬答，是在鸟语。

那样的啁啾，该是羽类的世界语吧。而无论蓝宝宝是在阳台上或是屋里，只要左近传来鸠呼或雀噪，它一定脆音相应，一逗一答，一呼一和，旁听起来十分有趣，或许在飞禽的世界里，也像人世一样，南腔北调，有各种复杂的方言，可惜我们莫能分辨，只好一概称为鸟语。

平时说到鸟语，总不免想起"生生燕语明如翦，呖呖莺声溜的圆"之类的婉婉好音，绝少想到鸟语之中，也有极其可怖的一类。后来参观底特律的大动物园，进入了笼高树密的鸟苑，绿重翠叠的阴影里，一时不见高栖的众禽，只听到四周怪笑吃吃，惊叹咄咄，厉呼磔磔，盈耳不知究竟有多少巫师隐身在幽处施法念咒，真是听觉上最骇人的一次经验。看过希区柯克的惊悚片《鸟》，大家惊疑之余，都说真想不到鸟类会有这么"邪恶"。其实人类君临这个世界，品尝珍馐，饕餮万物，把一切都视为当然，却忘了自己经常捕囚或烹食鸟类的种种罪行有多么残忍了。兀鹰食人，毕竟先等人自毙；人食乳鸽，却是一笼一笼地蓄意谋杀。

想到此地，蓝光一闪，一片青云飘落在我的肩上，原来是有人把蓝宝宝放出来了。每次出笼，它一定振翅疾飞，在屋里回翔一圈，然后栖在我肩头或腕际。我的耳边、颈背、颔下，是它最爱来依偎探讨的地方。最温驯的时候，它会憩在人的手背，低下头来，用小喙亲吻人的手指，一动也不动地，讨人欢喜。有时它更会从嘴里吐出一粒"雀粟"来，邀你共享，据说这是它表示友谊的亲切举动，但你尽可放心，它不会强人所难的，不一会儿，它又径自啄回去了。有时它也会轻咬你的手指头，并露出它可笑的花舌头。兴奋起来，它还会不断地向你磕头，颈毛松开，瞳仁缩小，嘴里更是呢呢喃喃，不知所云。不过所谓"小鸟依人"，只是片面的，只许它来亲人，不许你去抚它。你才一伸手，它立刻回过身来面对着你，注意你的一举一动，不然便是蓝羽一张，早已飞之冥冥。

不少朋友在我的客厅里，常因这一闪蓝云的猝然降临而大吃一惊。女作家心岱便是其中的一位。说时迟那时快，蓝宝宝华丽的翅膀一收，已经栖在她的手腕上了。心岱惊魂未定，只好强自镇定，听我们向她夸耀小鸟的种种。后来她回到台北，还在《联合副刊》发表《蓝宝》一文，以记其事。

我发现，许多朋友都不知道养一只小鹦鹉多么有趣，又多么简单。小鹦鹉的身价，就它带给主人的乐趣说来，是非常便宜的。在台湾，每只售六七十元新台币，在香港只要港币六元，美国的超级市场里也常有出售，每只不过五六美元。在丹佛时，我先后养过四只，其中黄底灰纹的一只毛色特别娇嫩，算是珍品，则是花十五美元买来的。买小鹦鹉时，要注意两件事情。年龄要看额头和鼻端，额上黑纹愈密，鼻上色泽愈紫，则愈幼小，要买，当然要初生的稚鹦，才容易和你亲近。至于健康呢，则要翻过身来看它的肛门，周围的细白绒毛要干，才显得消化良好。小鹦鹉最怕泻肚子，一泻就糟。

　　此外的投资，无非是一只鸟笼、两枝栖木、一片鱼骨和极其迷你的水缸粟钵而已。鱼骨的用场，是供它啄食，以吸取充分的钙质。那么小的肚子，耗费的粟量当然有限，再穷的主人也供得起的。有时为了调剂，不妨喂一点青菜和果皮，让它啄个三五口，也就够了。熟了以后，可以放出笼来，任它自由飞憩，不过门窗要小心关好，否则它爱向亮处飞，极易夺门而去。我养过的近十头小鹦鹉之中，就有两头是这么无端飞掉的。有了这种伤心的教训，我只在晚上才敢把鸟放出笼来。

　　小鸟依人，也会缠人，过分亲狎之后，也有烦恼的。

你吃苹果，它便飞来奇袭，与人争食。你特别削一片喂它，它只浅尝三两口，仍纵回你的口边，定要和你分享大块。你看报，它便来嚼食纸边，吃得津津有味。你写字呢，它便停在纸上，研究你写些什么，甚至以为笔尖来回挥动是在逗它玩乐，便来追咬你的笔尖。要赶它回笼，可不容易。如果它玩得还未尽兴，则无论你如何好言劝诱或恶声威胁，都不能使它俯首归心。最后只有关灯的一招，在黑暗里，它是不敢飞的。于是你伸手擒来，毛茸茸软温温的一团，小心脏抵着你的手心猛跳，吱吱的抗议声中，你已经把它置回笼里。

蓝宝宝是大埔的菜市上六元港币买来的，在我所有的"禽缘"里，它是最乖巧最可爱的一只，现在，即使有谁出六千元，我也不肯舍弃它的。前年夏天，我们举家回台北去，只好把蓝宝宝寄在宋淇府上，劳宋夫人做了半个月的"鸟妈妈"。记得交托之时，还郑重其事，拟了一张"养鸟须知"的备忘录，悬于笼侧，文曰：

一、小米一钵，清水半缸，间日一换，不食烟火，俨然羽仙。

二、风口日曝之处，不宜放置鸟笼。

三、无须为鸟沐浴，造化自有安排。

四、智商仿佛两岁稚婴。略通人语，颇喜传讹。闺中隐私，不宜多言，慎之慎之。

一九七七年五月

我的四个假想敌

二女幼珊在港参加侨生联考，以第一志愿分发台湾大学外文系。听到这消息，我松了一口气，从此不必担心四个女儿通通嫁给广东男孩了。

我对广东男孩当然并无偏见，在港六年，我班上也有好些可爱的广东少年，颇讨老师的欢心，但是要我把四个女儿全都让那些"靓仔""叻仔"掳掠了去，却舍不得。不过，女儿要嫁谁，说得洒脱些，是她们的自由意志，说得玄妙些呢，是姻缘，做父亲的又何必患得患失呢？何况在这件事上，做母亲的往往位居要冲，自然而然成了女儿的亲密顾问，甚至亲密战友，作战的对象不是男友，却是父亲。等到做父亲的惊醒过来，早已腹背受敌，难挽大势了。

在父亲的眼里，女儿最可爱的时候是在十岁以前，因为那时她完全属于自己。在男友的眼里，她最可爱的时候却在十七岁以后，因为这时她正像毕业班的学生，已经一心向外了。父亲和男友，先天上就有矛盾。对父亲来说，世界上没有东西比稚龄的女儿更完美的了，唯一的缺点就是会长大，除非你用急冻术把她久藏，不过这恐怕是违法的，而且她的男友迟早会骑了骏马或摩托车来，把她吻醒。

我未用太空舱的冻眠术，一任时光催迫，日月轮转，再揉眼时，怎么四个女儿都已依次长大，昔日的童话之门砰地一关，再也回不去了。四个女儿，依次是珊珊、幼珊、佩珊、季珊。简直可以排成一条珊瑚礁。珊珊十二岁的那年，有一次，未满九岁的佩珊忽然对来访的客人说："喂，告诉你，我姐姐是一个少女了！"在座的大人全笑了起来。

曾几何时，惹笑的佩珊自己，甚至最幼稚的季珊，也都在时光的魔杖下，点化成"少女"了。冥冥之中，有四个"少男"正偷偷袭来，虽然蹑手蹑足，屏声止息，我却感到背后有四双眼睛，像所有的坏男孩那样，目光灼灼，心存不轨，只等时机一到，便会站到亮处，装出伪善的笑容，叫我"岳父"。我当然不会应他。哪有这么容易的事！我像一棵果树，天长地久在这里立了多年，风霜雨露，样样有份，换来果实累累，不胜负荷。而你，偶尔过路的小子，竟然一伸手就来摘果子，活该蟠地的树根绊你一跤！

而最可恼的，却是树上的果子，竟有自动落入行人手中的样子。树怪行人不该擅自来摘果子，行人却说是果子刚好掉下来，给他接着罢了。这种事，总是里应外合才成功的。当初我自己结婚，不也是有一位少女开门揖盗吗？"堡垒最容易从内部攻破"，说得真是不错。不过彼一时也，此一时也。同一个人，过街时讨厌汽车，开车时却讨厌行人。现在是轮到我来开车。

好多年来，我已经习于和五个女人为伍，浴室里弥漫着香皂和香水气味，沙发上散置皮包和发卷，餐桌上没有人和我争酒，都是天经地义的事。戏称吾庐为"女生宿舍"，也已经很久了。做了"女生宿舍"的舍监，自然不欢迎陌生的男客，尤其是别有用心的一类。但是自己辖下的女生，尤其是前面的三位，已有"不稳"的现象，却令我想起叶芝的一句诗：

　　一切已崩溃，失去重心。

我的四个假想敌，不论是高是矮，是胖是瘦，是学医还是学文，迟早会从找疑惧的迷雾里显出原形，一一走上前来，或迂回曲折，嗫嚅其词，或开门见山，大言不惭，总之要把他的情人，也就是我的女儿，对不起，从此领去。无形的敌人最可怕，何况我在亮处，他在暗里，又有我家的"内奸"接应，真是防不胜防。只怪当初没有把四个女儿及时冷藏，使时间不能拐骗，社会也无由污染。现在她们都已大了，回不了头；我那四个假想敌，那四个鬼鬼祟祟的"地下工作者"，也都已羽毛丰满，什么力量都阻止不了他们了。先下手为强，这件事，该趁那四个假想敌还在襁褓的时候，就予以解决的。至少美国诗人纳许（Ogden Nash, 1902—1971）劝我们如此。他在一首妙诗《由女婴之父来唱的歌》（*Song to Be Sung by the Father of Infant Female Children*）之中，说他生了女儿吉儿之后，惴惴不安，感到不知什么地方正有个男婴也在长大，现在虽然还浑浑噩噩，口吐白沫，却注定将来会抢走他的吉儿。于是做父亲的每次在公园里看见婴儿车中的男婴，都不由神色一变，暗暗想道："会不会是这家伙？"想着想着，他"杀机陡萌"（My dreams, I fear, are infanticiddle），便要解开那男婴身上的别针，朝他的爽身粉里撒胡椒粉，把盐撒进他的奶瓶，把沙撒进他的菠菜汁，再扔头优游的鳄鱼到他的婴儿车里陪他游戏，逼他在水深火热之中挣扎而去，去娶别人的女儿。足见诗人以未来的女婿为假想敌，早已有了前例。

不过一切都太迟了。当初没有当机立断，采取非常措施，像纳许诗中所说的那样，真是一大失策。如今的局面，套一句史书上常见的话，已经是"寇入深矣"！女儿的墙上和书桌的玻璃垫下，以前的海报和剪报之类，还是披头士、拜丝、大卫·凯西弟的形象，现在纷纷都换上男友了。至少，滩头阵地已经被入侵的军队占领了去，这一仗是必败的了。记得我们小时，这一类的照片仍被列为机密要件，不是藏在枕头套里，贴着梦境，便是夹在书堆深处，偶尔翻出来神往一番，哪有这么二十四小时眼前供奉的？

这一批形迹可疑的假想敌，究竟是哪年哪月开始入侵厦门街余宅的，已经不可考了。只记得六年前迁港之后，攻城的军事便换了一批口操粤语的少年来接手。至于交战的细节，就得问名义上是守城的那几个女将，我这个"昏君"是再也搞不清的了。只知道敌方的炮火，起先是瞄准我家的信箱，那些歪歪斜斜的笔迹，久了也能猜个七分；继而是集中在我家的电话，"落弹点"就在我书桌的背后，我的文苑就是他们的沙场，一夜之间，总有十几次脑震荡。那些粤音平上去入，有九声之多，也令我难以研判敌情。现在我带幼珊回了厦门街，那头的广东部队轮到我太太去抵挡，我在这头，只要留意台湾健儿，任务就轻松多了。

信箱被袭，只如战争的默片，还不打紧。其实我宁可多情的少年勤写情书，那样至少可以练习作文，不致在视听教育的时代荒废了中文。可怕的还是电话中弹，那一串串警告的铃声，把战场从门外的信箱扩至书房的腹地，默片变成了身历声，假想敌在实弹射击了。更可怕的，却是假想敌真的闯进了城来，成了有血有肉的真敌人，不再是假想了好玩的了，就像军事演习到中途，忽然真的打起来了一样。真敌人是看得出来的。在某一女儿的接应之下，他占领了沙发的一角，从此两人呢喃细语，嗫嚅密谈，即使脉脉相对的时候，那气氛也浓得化不开，窒得全家人都透不过气来。这时几个姐妹早已回避得远远的了。任谁都看得出情况有异。万一敌人留下来吃饭，那空气就更为紧张，好像摆好姿势，面对照相机一般。平时鸭塘一般的餐桌，四姐妹这时像在演哑剧，连筷子和调羹都似乎得到了消息，忽然小心翼翼起来。明知这僭越的小子未必就是真命女婿，（谁晓得宝贝女儿现在是十八变中的第几变呢？）心里却不由自主升起一股淡淡的敌意。也明知女儿正如将熟之瓜，终有一天会蒂落而去，却希望不是随眼前这自负的小子。

　　当然，四个女儿也自有不乖的时候，在恼怒的心情下，我就恨不得四个假想敌赶快出现，把她们统统带走。但是那一天真要来到时，我一定又会懊悔不已。我能够想象，人生的两大寂寞，一是退休之日，一是最小的孩子终于也结婚之后。宋淇有一天对我说："真羡慕你的女儿全在身边！"真的吗？至少目前我并不觉得自己有什么可羡之处。也许真要等到最小的季珊也跟着假想敌度蜜月去了，才会和我存并坐在空空的长沙发上，翻阅她们小时的相簿，追忆从前，六人一车长途壮游的盛况，或是晚餐桌上，热气蒸腾，大家共享的灿烂灯光。人生有许多事情，正如船后的波纹，总要过后才觉得美的。这样一想，又希望那四个假想敌，那四个生手笨脚的小伙子，还是多吃几口闭门羹，慢一点出现吧。

袁枚写诗，把生女儿说成"情疑中副车"，这书袋掉得很有意思，却也流露了重男轻女的封建意识。照袁枚的说法，我是连中了四次副车，命中率够高的了。余宅的四个小女孩现在变成了四个小妇人，在假想敌环伺之下，若问我择婿有何条件，一时倒恐怕答不上来。沉吟半晌，我也许会说："这件事情，上有月下老人的婚姻谱，谁也不能窜改，包括韦固，下有两个海誓山盟的情人，'二人同心，其利断金'，我凭什么要逆天拂人，梗在中间？何况终身大事，神秘莫测，事先无法推理，事后不能悔棋，就算交给二十一世纪的电脑，恐怕也算不出什么或然率来。倒不如故示慷慨，伪作轻松，博一个开明父亲的美名，到时候带颗私章，去做主婚人就是了。"

问的人笑了起来，指着我说："什么叫作'伪作轻松'？可见你心里并不轻松。"

我当然不很轻松，否则就不是她们的父亲了。例如人种的问题，就很令人烦恼。万一女儿发痴，爱上一个耸肩摊手口香糖嚼个不停的小怪人，该怎么办呢？在理性上，我愿意"有婿无类"，做一个大大方方的世界公民。但是在感情上，还没有大方到让一个臂毛如猿的小伙子把我的女儿抱过门槛。现在当然不再是"严夷夏之防"的时代，但是一任单纯的家庭扩充成一个小型的联合国，也大可不必。问的人又笑了，问我可曾听说混血儿的聪明超乎常人。我说："听过，但是我不稀罕抱一个天才的'混血孙'。我不要一个天才儿童叫我grandpa，我要他叫我外公。"问的人不肯罢休："那么省籍呢？"

"省籍无所谓，"我说，"我就是苏闽联姻的结果，还不坏吧？当初我母亲从福建写信回武进，说当地有人向她求婚。娘家大惊小怪，说：'那么远！怎么就嫁给南蛮！'后来娘家发现，除了言语不通之外，这位闽南姑爷并无可疑之处。这几年，广东男孩锲而不舍，对我家的压力很大，有一天闽粤结成了秦晋，我也不会感到意外。如果有个台湾少年特别巴结我，其志又不在跟我谈文论诗，我也不会怎么为难他的。至于其他各省，从黑龙江直到云南，口操各种方言的少年，只要我女儿不嫌他，我自然也欢迎。"

"那么学识呢？"

"学什么都可以。也不一定要是学者，学者往往不是好女婿，更不是好丈夫。只有一点：中文必须精通。中文不通，将祸延吾孙！"

客又笑了。"相貌重不重要？"他再问。

"你真是迂阔之至！"这次轮到我发笑了，"这种事，我女儿自己会注意，怎么会要我来操心？"

笨客还想问下去，忽然门铃响起。我起身去开大门，发现长发乱处，又一个假想敌来掠余宅。

一九八〇年九月于厦门街

记忆像铁轨一样长

　　我的中学时代在四川的乡下度过。那时正当抗战，号称天府之国的四川，一寸铁轨也没有。不知道为什么，年幼的我，在千山万岭的重围之中，总爱对着外国地图，向往去远方游历，而且觉得最浪漫的旅行方式，便是坐火车。每次见到月历上有火车在旷野奔驰，曳着长烟，便心随烟飘，悠然神往，幻想自己正坐在那一排长窗的某一扇窗口，无穷的风景为我展开，目的地呢，则远在千里外等我，最好是永不到达，好让我永不下车。那平行的双轨一路从天边疾射而来，像远方伸来的双手，要把我接去未知；不可久视，久视便受它催眠。

　　乡居的少年那么神往于火车，大概是因为它雄伟而修长，轩昂的车头一声高啸，一节节的车厢铿铿跟进，那气派真是慑人。至于轮轨相击枕木相应的节奏，初则铿锵而慷慨，继则单调而催眠，也另有一番情韵。过桥时俯瞰深谷，真若下临无地，蹑虚而行，一颗心，也忐忐忑忑吊在半空。黑暗迎面撞来，当头罩下，一点准备也没有，那是过山洞。惊魂未定，两壁的回声轰动不绝，你已经愈陷愈深，冲进山岳的盲肠里去了。光明在山的那一头迎你，先是一片幽昧的熹微，迟疑不决，蓦地天光豁然开朗，黑洞把你吐回给白昼。这一连串的经验，从惊到喜，中间还带着不安和神秘，历时虽短而印象很深。

坐火车最早的记忆是在十岁。正是全面抗战第二年，母亲带我从上海乘船到安南，然后乘火车北上昆明。滇越铁路与富良江平行，依着横断山脉蹲踞的余势，江水滚滚向南，车轮铿铿向北。也不知越过多少桥，穿过多少山洞。我靠在窗口，看了几百里的桃花映水，真把人看得眼红、眼花。

入川之后，刚亢的铁轨只能在山外远远喊我了。一直要等胜利还都，进了金陵大学，才有京沪路上疾驶的快意。那是大一的暑假，随母亲回她的故乡武进，铁轨无尽，伸入江南温柔的水乡，柳丝弄晴，轻轻地抚着麦浪。可是半年后再坐京沪路的班车东去，却不再中途下车，而是直达上海。那是最哀伤的火车之旅了：红旗渡江的前夕，我们仓皇离京，还是母子同行，幸好儿子已经长大，能够照顾行李。车厢挤得像满满一盒火柴，可是乘客的四肢却无法像火柴那么排得平整，而是交肱叠股，摩肩错臂，互补着虚实。母亲还有座位。我呢，整个人只有一只脚半踩在茶几上，另一只则在半空，不是虚悬在空中，而是斜斜地半架半压在各色人等的各色肢体之间。这么维持着"势力均衡"，换腿当然不能，如厕更是妄想。到了上海，还要奋力夺窗而出，否则就会被新拥上车来的回程旅客夹在中间，挟回南京去了。

来台之后，与火车更有缘分。什么快车慢车、山线海线，都有缘在双轨之上领略，只是从前京沪路上的东西往返，这时，变成了纵贯线上的南北来回。滚滚疾转的风火千轮上，现代哪吒的心情，有时是出发的兴奋，有时是回程的慵懒，有时是午晴的遐思，有时是夜雨的落寞。大玻璃窗招来豪阔的山水，远近的城村；窗外的光景不断，窗内的思绪不绝，真成了情景交融。尤其是在长途，终站尚远，两头都搭不上现实，这是你一切都被动的过渡时期，可以绝对自由地大想心事，任意识乱流。

饿了，买一盒便当充午餐，虽只一片排骨，几块酱瓜，但在快览风景的高速动感下，却显得特别可口。台中站到了，车头重重地喘一口气，颈挂零食拼盘的小贩一拥而上。太阳饼、凤梨酥的诱惑总难以拒绝。照例一盒盒买上车来，也不一定是为了有多美味，而是细嚼之余有一股甜津津的乡情，以及那许多年来，唉，从年轻时起，在这条线上进站、出站、过站、初旅、重游、挥别，重重叠叠的回忆。

最生动的回忆却不在这条线上，在阿里山和东海岸。拜阿里山神是在十二年前。朱红色的窄轨小火车在洪荒的岑寂里盘旋而上，忽进忽退，忽蠕蠕于悬崖，忽隐身于山洞，忽又引吭一呼，回声在峭壁间来回反弹。万绿丛中牵曳着这一线媚红，连高古的山颜也板不起脸来了。

拜东岸的海神却近在三年以前，是和我存一同乘电气化火车从北回线南下。浩浩的太平洋啊，日月之所出，星斗之所生，毕竟不是海峡所能比，东望，是令人绝望的水蓝世界，起伏不休的咸波，在远方，摇撼着多少个港口多少只船，扪不到边，探不到底，海神的心事就连长锚千丈也难窥。一路上怪壁碍天，奇岩镇地，被千古的风浪蚀刻成最丑所以也最美的形貌，罗列在岸边如百里露天的艺廊，刀痕刚劲，一件件都凿着时间的签名，最能满足狂士的"石癖"。不仅岸边多石，海中也多岛。火车过时，个个岛屿都不甘寂寞，跟它赛起跑来。毕竟都是海之囚，小的，不过跑三两分钟，大的，像龟山岛，也只能追逐十几分钟，就认输放弃了。

萨洛扬的小说里，有一个寂寞的野孩子，每逢火车越野而过，总是兴奋地在后面追赶。四十年前在四川的山国里，对着世界地图悠然出神的，也是那样寂寞的一个孩子，只是在他的门前，连火车也不经过。后来远去外国，越洋过海，坐的却常是飞机，而非火车。飞机虽可想成庄子的逍遥之游，列子的御风之旅，但是出没云间，游行虚碧，变化不多，机窗也太狭小，久之并不耐看。哪像火车的长途，催眠的节奏，多变的风景，从阔窗里看出去，又像是在人间，又像驶出了世外。所以在国外旅行，凡铿铿的双轨能到之处，我总是站在月台——名副其实的"长亭"——上面，等那阳刚之美的火车轰轰隆隆其势不断地踹进站来，来载我去远方。

在美国的那几年，坐过好多次火车，在爱荷华城读书的那一年，常坐火车去芝加哥看刘鎏和孙璐。美国是汽车王国，火车并不考究。去芝加哥的老式火车颇有十九世纪遗风，坐起来实在不大舒服，但沿途的风景却看之不倦。尤其到了秋天，原野上有一股好闻的淡淡焦味，太阳把一切成熟的东西焙得更成熟，黄透的枫叶杂着赭尽的橡叶，一路艳烧到天边。谁见过那样美丽的火灾呢？过密西西比河，铁桥上敲起空旷的铿锵，桥影如网，张着抽象美的线条，倏忽已踹过好一片壮阔的烟波。等到暮色在窗，芝城的灯火迎面渐密，那黑人老车长就喉音重浊地喊出站名：Tanglewood！

有一次，从芝城坐火车回爱荷华城。正是圣诞假后，满车都是回校的学生，大半还背着、拎着行囊，更显拥挤。我和好几个美国学生挤在两节车厢之间，等于站在老火车轧轧交挣的关节之上，又冻又渴。饮水的纸杯在众人手上，从厕所一路传到我们跟前。更严重的问题是不能去厕所，因为连那里面也站满了人。火车原已误点，我们在呵气翳窗的芝城总站上早已困立了三四个小时，偏偏隆冬的膀胱最容易注满。终于"满载而归"，一直熬到爱荷华大学的宿舍。一泻之余，顿觉身轻若仙，重心全失。

美国火车经常误点，真是恶名昭彰。我在美国下决心学开汽车，完全是给老爷火车激出来的。火车误点，或是半途停下来等到地老天荒，甚至为了说不清楚的深奥原因向后倒开，都是最不浪漫的事。几次耽误，我一怒之下，决定把方向盘握在自己手里，不问山长水远，都可即时命驾。执照一到手，便与火车分道扬镳，从此我骋我的高速路，它敲它的双铁轨。不过在高速路旁，偶见迤迤的列车同一方向疾行，那修长而魁伟的体魄，那稳重而剽悍的气派，尤其是在天高云远的西部，仍令我怦然心动。总忍不住要加速去追赶，兴奋得像西部片里马背上的大盗，直到把它追进了山洞。

一九七六年去英国，周榆瑞带我和彭歌去剑桥一游。我们在维多利亚车站的月台上候车，匆匆来往的人群，使人想起那许多著名小说里的角色，在这"生之旋涡"里卷进又卷出的神色与心情。火车出城了，一路开得不快，看不尽人家后院晒着的衣裳和红砖翠篱之间明艳而动人的园艺。那年西欧大旱，耐干的玫瑰却恣肆着娇红。不过是八月底，英国给我的感觉却是过了成熟焦点的晚秋，尽管是迟暮了，仍不失为美人。到剑桥飘起霏霏的细雨，更为那一幢幢严整雅洁的中世纪学院平添了一分迷蒙的柔美。经过人文传统日琢月磨的景物，究竟多一种沉潜的秀逸气韵，不是铝光闪闪的新厦可比。在空幻的雨气里，我们撑着黑伞，蹼过剑河上的石洞拱桥，心底回旋的是弥尔顿牧歌中的抑扬名句，不是硖石才子的江南乡音。红砖与翠藤可以为证，半部英国文学史不过是这河水的回声。雨气终于浓成暮色，我们才挥别了灯暖如橘的剑桥小站。往往，大旅途里最具风味的，是这种一日来回的"便游"（side trip）。

两年后我去瑞典开会，回程顺便一游丹麦与德国，特意把斯德哥尔摩到哥本哈根的机票，换成黄底绿字的美丽火车票。这一程如果在云上直飞，一小时便到了，但是在铁轨上轮转，从上午八点半到下午四点半，却足足走了八个小时。云上之旅海天一色，美得未免抽象。风火轮上八小时的滚滚滑行，却带我深入瑞典南部的四省，越过青青的麦田和黄艳艳的芥菜花田，攀过银桦蔽天杉柏密矗的山地，渡过北欧之喉的峨瑞升德海峡，在香熟的夕照里驶入丹麦。瑞典是森林王国，火车上凡是门窗几椅之类都用木制，给人的感觉温厚而可亲。车上供应的午餐是烘面包夹鲜虾仁，灌以甘冽的嘉士伯啤酒，最合我的口胃。瑞典南端和丹麦北部这一带，陆上多湖，海中多岛，我在诗里曾说这地区是"屠龙英雄的泽国，佯狂王子的故乡"，想象中不知有多阴郁，多神秘。其实那时候正是春夏之交，纬度高远的北欧日长夜短，柔蓝的海峡上，迟暮的天色久久不肯落幕。我在延长的黄昏里独游哥本哈根的夜市，向人鱼之港的灯影花香里，寻找疑真疑幻的传说。

德国之旅，从杜塞尔多夫到科隆的一程，我也改乘火车。德国的车厢跟瑞典的相似，也是一边是狭长的过道，另一边是方形的隔间，装饰古拙而亲切，令人想起旧世界的电影。乘客稀少，由我独占一间，皮箱和提袋任意堆在长椅上。银灰与橘红相映的火车沿莱茵河南下，正自纵览河景，查票员说科隆到了。刚要把行李提上走廊，猛一转身，忽然瞥见蜂房蚁穴的街屋之上峻然拔起两座黑黝黝的尖峰，瞬间的感觉，极其突兀而可惊。定下神来，火车已经驶近那一双怪物，峭险的尖塔下原来还整齐地绕着许多小塔，锋芒逼人，拱卫成一派森严的气象，那么崇高而神秘，中世纪哥特式的肃然神貌耸在半空，无闻于下界琐细的市声。原来是科隆的大教堂，在莱茵河畔顶天立地已七百多岁。火车在转弯。不知道是否因为车身微侧，竟感觉那一对巨塔也峨然倾斜，令人吃惊。不知飞机回降时成何景象，至少火车进城的这一幕十分壮观。

三年前去里昂参加国际笔会的年会，从巴黎到里昂，当然是乘火车，为了深入法国东部的田园诗里，看各色的牛群，或黄或黑，或白底而花斑，嚼不尽草原缓坡上远连天涯的芳草萋萋。陌生的城镇，点名一般地换着站牌。小村更一现即逝，总有白杨或青枫排列于乡道，掩映着粉墙红顶的村舍，衬以教堂的细瘦尖塔，那么秀气地指着远天。席思礼、毕沙洛，在初秋的风里吹弄着牧笛吗？那年法国刚通了东南线的电气快车，叫作 Le TGV（Train à Grande Vitesse），时速三百八十公里，在报上大事宣扬。回程时，法国笔会招待我们坐上这娇红的电鳗；由于座位是前后相对，我一路竟倒骑着长鳗进入巴黎。在车上也不觉得怎么

"风驰电掣"，颇感不过如此。今年初夏和纪刚、王蓝、健昭、杨牧一行，从东京坐子弹车射去京都，也只觉其"稳健"而已。车到半途，天色渐昧，正吃着鳗鱼佐饭的日本便当，吞着苦涩的札幌啤酒，车厢里忽然起了骚动，惊叹不绝。在邻客的探首指点之下，讶见富士山的雪顶白矗晚空，明知其为真实，却影影绰绰，像一片可怪的幻象。车行极快，不到三五分钟，那一影淡白早已被近丘所遮。那样快的变动，敢说浮世绘的画师，戴笠挎剑的武士，都不曾见过。

台湾中南部的大学常请台北的教授前往兼课，许多朋友不免每星期南下台中、台南或高雄。从前龚定庵奔波于北京与杭州之间，柳亚子说他"北驾南舣到白头"。这些朋友在岛上南北奔波，看样子也会奔到白头，不过如今是在双轨之上，不是驾马舣舟。我常笑他们是演《双城记》。其实近十年来，自己在台北与香港之间，何尝不是如此？在台北，三十年来我一直以厦门街为家。现在的汀州路二十年前是一条窄轨铁路，小火车可通新店。当时年少，我曾在夜里踏着轨旁的碎石，鞋声轧轧地走回家去，有时索性走在轨道上，把枕木踩成一把平放的长梯。时常在冬日的深肖，诗写到一半，正独对天地之悠悠，寒战的汽笛声会一路沿着小巷呜呜传来，凄清之中有其温婉，好像在说：

全台北都睡了，我也要回站去了，你，还要独撑这倾斜的世界吗？"夜半钟声到客船"，那是张继。而我，总还有一声汽笛。

在香港，我的楼下是山，山下正是九广铁路的中途。从黎明到深夜，在阳台下滚滚碾过的客车、货车，至少有一百班。初来的时候，几乎每次听见车过，都不禁要想起铁轨另一头的那一片土地，简直像十指连心。十年下来，那样的节拍也已听惯，早成大寂静里的背景音乐，与山风海潮合成浑然一片的天籁了。那轮轨交磨的声音，远时哀沉，近时壮烈，清晨将我唤醒，深宵把我摇睡，已经潜入了我的脉搏，与我的呼吸相通。将来我回台湾，最不惯的恐怕就是少了这金属的节奏，那就是真正的寂寞了。也许应该把它录下音来，用最敏感的机器，以备他日怀旧之需。附近有一条铁路，就似乎把住了人间的动脉，总是有情的。

香港的火车电气化之后，大家坐在冷静如冰箱的车厢里，忽然又怀起古来，隐隐觉得从前的黑头老火车，曳着煤烟而且重重叹气的那种，古拙刚愎之中仍不失可亲的味道。在从前那种车上，总有小贩穿梭于过道，叫卖斋食与"凤爪"，更少不了的是报贩。普通票的车厢里，不分三教九流，男女老幼，都杂杂沓沓地坐在一起，有的默默看报，有的怔怔望海，有的打瞌睡，有的啃鸡爪，有的闲闲地聊天，有的激昂慷慨地痛论国是，但旁边的主妇并不理会，只顾得呵斥自己的孩子。如果你要香港社会的样品，这里便是。周末的加班车上，更多广州返来的回乡客，一根扁担，就挑尽了大包小笼。此情此景，总令我想起杜米叶（Honoré Daumier）的名画《三等车上》。只可惜香港没有产生自己的杜米叶，而电气化后的明净车厢里，从前那些汗气、土气的乘客，似乎一下子都不见了，小贩们也绝迹于月台。我深深怀念那个摩肩抵肘的时代。站在今日画了黄线的整洁月台上，总觉得少了一点什么，直到记起了从前那一声汽笛长啸。

写火车的诗很多，我自己都写过不少。我甚至译过好几首这样的诗，却最喜欢土耳其诗人塔朗吉（Cahit Sitki Taranci）的这首：

去什么地方呢，这么晚了，
美丽的火车，孤独的火车？
凄苦是你汽笛的声音，
令人记起了许多事情。

为什么我不该挥舞手巾呢？

乘客多少都跟我有亲。

去吧，但愿你一路平安，

桥都坚固，隧道都光明。

　　　　　　　　　　　一九八四年五月

黄河一掬

厢型车终于在大坝上停定，大家陆续跳下车来。还未及看清河水的流势，脸上忽感微微刺麻，风沙早已刷过来了。没遮没拦的长风挟着细沙，像一阵小规模的沙尘暴，在华北大平原上卷地刮来，不冷，但是挺欺负人，使胸臆发紧。我存和幼珊都把自己裹得密密实实，火红的风衣牵动了荒旷的河景。我也戴着扁呢帽，把绒袄的拉链直拉到喉核。一行八九个人，跟着永波、建辉、周晖，向大坝下面的河岸走去。

这是临别济南的前一天上午，山东大学安排我们去看黄河。车沿着二环东路一直驶来，做主人的见我神情热切，问题不绝，不愿扫客人的兴，也不想纵容我期待太奢，只平实地回答，最后补了一句："水色有点浑，水势倒还不小。不过去年断流了一百多天，不会太壮观。"

这些话我也听说过，心里已有准备。现在当场便见分晓，再提警告，就像孩子回家，已到门口，却听邻人说，这些年你妈妈病了，瘦了，几乎要认不得了，总还是难受的。

天高地迥，河景完全敞开，触目空廓而寂寥，几乎什么也没有。河面不算很阔，最多五百米吧，可是两岸的沙地都很宽坦，平面就延伸得倍加旷远，似乎再也钩不到边。昊天和河水的接缝处，一线苍苍像是麦田，后面像是新造的白杨树林。此外，除了漠漠的天穹，下面是无边无际无可奈何的低调土黄，河水是土黄里带一点赭，调得不很匀称，沙地是稻草黄带一点灰，泥多则暗，沙多则浅，上面是浅黄或发白的枯草。

"河面怎么不很规则？"我转问建辉。

"黄河从西边来，"建辉说，"到这里朝北一个大转弯。"

这才看出，黄浪滔滔，远来的这条浑龙一扭腰身，转出了一个大锐角，对岸变成了一个半岛，岛尖正对着我们。回头再望此岸的堤坝，已经落在远处，像瓦灰色的一长段城垣。更远处，在对岸的一线青意后面，隆起一脉山影，状如压瘪了的英文大写字母"M"，又像半浮在水面的象背。

那形状我一眼就认出来了，无须向陪我的主人求证。我指给我存看。

"你确定是鹊山吗？"我存将信将疑。

"当然是的，"我笑道，"正是赵孟頫的名画《鹊华秋色》里，左边的那座鹊山。曾繁仁校长带我们去淄博，出济南不久，高速公路右边先出现华山，尖得像一座翠绿的金字塔，接着再出现的就是鹊山。一刚一柔，无端端在平地耸起，令人难忘。从淄博回来，又出现在左边，可惜不能停下来细看。"

周晖走过来，证实了我的指认。

"徐志摩那年空难，"我又说，"飞机叫济南号，果然在济南附近出事，太巧合了。不过撞的不是泰山，是开山，在党家庄。你们知道在哪里吗？"

"我倒不清楚。"建辉说。

我指着远处的鹊山说："就在鹊山的背后。"又回头对建辉说："这里离河水还是太远，再走近些好吗？我想摸一下河水。"

于是永波和建辉领路，沿着一大片麦苗田，带着众人在泥泞的窄埂上，一脚高一脚低，向最低的近水处走去。终于够低了，也够近了，但沙泥也更湿软。我虚踩在浮土和枯草上，就探身要去摸水，大家在背后叫小心。岌岌加上翼翼，我的手终于半伸进黄河。

一刹那，我的热血触到了黄河的体温，凉凉的，令人兴奋。古老的黄河，从史前的洪荒里已经失踪的星宿海里四千六百里，绕河套、撞龙门、过英雄进进出出的潼关，一路朝山东奔来，从斛律金的牧歌李白的乐府里日夜流来，你饮过多少英雄的血难民的泪，改过多少次道啊发过多少次洪涝，二十四史，哪一页没有你浊浪的回声？几曾见天下太平啊让河水终于澄清？流到我手边，你已经奔波了几亿年了，那么长的生命我不过触到你一息的脉搏。无论我握得有多紧，你都会从我的拳里挣脱。就算如此吧，这一瞬我已经等了七十几年了，绝对值得。不到黄河心不死，到了黄河又如何？又如何呢？至少我指隙曾流过黄河。

至少我已经拜过了黄河，黄河也终于亲认过我。在诗里文里，我高呼低唤他不知多少遍，在山东大学演讲时，我朗诵那首《民歌》，等到第二遍，五百听众就齐声来和我：

> 传说北方有一首民歌
>
> 只有黄河的肺活量能歌唱
>
> 从青海到黄海
>
> 风　也听见

沙　也听见

　　我高呼一声"风"，五百个人的肺活量忽然爆发，合力
应一声"也听见"。我再呼"沙"，五百管喉再合应一声
"也听见"。全场就在热血的呼应中结束。

　　华夏子孙对黄河的感情，正如胎记一般地不可磨灭。
流沙河写信告诉我，他坐火车过黄河读我的《黄河》一诗，
十分感动，奇怪我没见过黄河怎么写得出来。其实这是胎
里带来的，从《诗经》到刘鹗，哪一句不是黄河奶出来的？
黄河断流，就等于中国断奶。山大副校长徐显明在席间痛
陈河情，说他每次过黄河大桥都不禁要流泪。这话简直有
《世说新语》的慷慨，我完全懂得。龚自珍《己亥杂诗》不
也说过么：

　　　　亦是今生未曾有，
　　　　满襟清泪渡黄河。

　　他的情人灵箫怕龚自珍耽于儿女情长，甚至用黄河来
激励须眉：

　　　　为恐刘郎英气尽，

卷帘梳洗望黄河。

　　想到这里，我从衣袋里掏出一张自己的名片，对着滚滚东去的黄河低头默祷了一阵，右手一扬，雪白的名片一番飘舞，就被起伏的浪头接去了。大家齐望着我，似乎不觉得这僭妄的一投有何不妥，反而纵容地赞许笑呼。我存和幼珊也相继来水边探求黄河的浸礼。看到女儿认真地伸手入河，想起她那么大了做爸爸的才有机会带她来认河，想当年做爸爸的告别这一片后土只有她今日一半的年纪，我的眼睛就湿了。

　　回到车上，大家忙着拭去鞋底的湿泥。我默默，只觉得不忍。翌晨山东大学的友人去机场送别，我就穿着泥鞋登机。回到高雄，我才把干土刮尽，珍藏在一只名片盒里。从此每到深夜，书房里就传出隐隐的水声。

二〇〇一年七月

失帽记

二○○八年的世界有不少重大的变化，其间有得有失。这一年我自己年届八十，其间也得失互见：得者不少，难以细表；失者不多，却有一件难过至今。我失去了一顶帽子。

一顶帽子值得那么难过吗？当然不值得，如果是一顶普通的帽子，甚至是高价的名牌。但是去年我失去的那顶，不幸失去的那一顶，绝不普通。

帅气、神气的帽子我戴过许多顶，头发白了稀了之后尤其喜欢戴帽。一顶帅帽遮羞之功，远超过假发。丘吉尔和戴高乐同为二战之英雄，但是戴高乐戴了高帽尤其英雄，所以戴高乐戴高帽而乐之，也所以我从未见过戴高乐不戴高帽。

戴高乐那顶高卢军帽丢过没有，我不得而知。我自己好不容易选得合头的几顶帅帽，却无一久留，全都不告而别。其中包括两顶苏格兰呢帽，一顶大概是掉在英国北境某餐厅，另一顶则应遗失在莫斯科某旅馆。还有第三顶是在加拿大维多利亚港的布恰花园所购，白底红字，状若戴高乐的圆筒鸭舌军帽而其筒较低，当日戴之招摇过市，风光了一时，后竟不明所终。

一个人一生最容易丢失也丢得最多的，该是帽与伞。其实伞也是一种帽子，虽然不戴在头上，毕竟也是为遮头而设，而两者所以易失，也都是为了主人要出门，所以终于和主人永诀，更都是因为同属身外之物，一旦离手离头，几次转身就被主人忘了。

帽子有关风流形象。独孤信出猎暮归，驰马入城，其帽微侧，吏人慕之，翌晨戴帽尽侧。千年之后，纳兰性德的词集亦称"侧帽"。孟嘉重九登高，风吹落帽，浑然不觉。桓温命孙盛作文嘲之，孟嘉也作文以答，传为佳话，更成登高典故。杜甫七律《九日蓝田崔氏庄》并有"羞将短发还吹帽，笑倩旁人为正冠"之句。他的《饮中八仙歌》更写饮者的狂态："张旭三杯草圣传，脱帽露顶王公前。"尽管如此，失帽却与风流无关，只和落拓有份。

去年十二月中旬，香港中文大学图书馆为我八秩庆生，举办了书刊手稿展览，并邀我重回沙田去签书、演讲。现场相当热闹，用媒体流行的说法，就是所谓人气颇旺。联合书院更编印了一册精美的场刊，图文并茂地呈现我香港时期十一年，在学府与文坛的各种活动，题名《香港相思——余光中的文学生命》，在现场送给观众。典礼由黄国彬教授代表文学院致辞，除了联合书院冯国培院长、图书馆潘明珠副馆长、中文系陈雄根主任等主办人之外，与会者更包括了昔日的同事卢玮銮、张双庆、杨钟基等，令我深感温馨。放眼台下，昔日的学生如黄坤尧、黄秀莲、樊善标、何杏枫等，如今也已做了老师，各有成就，令人欣慰。

演讲的听众多为学生，由中学老师带领而来。讲毕照例要签书，为了促使长龙蠕动得较快，签名也必须加速。不过今日的"粉丝"不比往年，索签的要求高得多了：不但要你签书、签笔记本、签便条、签书包、签学生证，还要题上他的名字、他女友的名字，或者一句赠言，当然，日期也不能少。那些名字往往由索签人即兴口述，偏偏中文同音字最多。"什么hui？恩惠的惠吗？""不是的，是智慧的慧。""也不是，是恩惠的惠加草字头。"乱军之中，常常被这么乱喊口令。不仅如此，一粉丝在桌前索签，另一粉丝却在你椅后催你抬头、停签、对准众多相机里的某一镜头，与他合影。笑容尚未收起，而夹缝之中又有第三只手伸来，要你放下一切，跟他"交手"。

这时你必须全神贯注，以免出错。你的手上，忽然是握着自己的笔，忽然是他人递过来的，所以常会掉笔。你想喝茶，却鞭长莫及。你想脱衣，却匀不出手。你内急已久，早应泄洪，却不容你抽身疾退。这时，你真难身外分身，来护笔、护表、护稿、扶杯。主办人焦待于旋涡之外，不知该纵容或喝止炒热了的粉丝。

去年底在中文大学演讲的那一次，听众之盛况不能算怎么拥挤，但也足以令我穷于应付，心神难专。等到曲终人散，又急于赶赴晚宴，不遑检视手提包及背袋，代提的主人又穿梭不息，始终无法定神查看。餐后走到户外，准备上车，天寒风起，需要戴帽，连忙逐袋寻找。这才发现，我的帽子不见了。

事后，几位主人回去现场，又向接送的车中寻找，都不见帽子踪影。我存和我，夫妻俩像侦探，合力苦思，最后确见那帽子是在何时、何地，所以应该排除在某地、某时失去的可能，诸如此类过程。机场话别时，我仍不放心，还谆谆嘱咐潘明珠、樊善标，如果寻获，务必寄回高雄给我。半个月后，他们把我因"积重难返"而留下的奖牌、赠书、礼品等等寄到台湾。包裹层层解开，结果揭晓，那顶可怜的帽子，终于是丢定了。

仅仅为了一顶帽子，无论有多贵或是多罕见，本来也不会令我如此大惊小怪。但是那顶帽子不是我买来的，也不是他人送的，而是我身为人子继承得来的。那是我父亲生前戴过的，后来成了他身后的遗物，我存整理时发现，不忍径弃，就说动我且戴起来。果然正合我头，而且款式潇洒，毛色可亲，就一直戴下去了。

那顶帽子呈扁楔形，前低后高，戴在头上，由后脑斜压向前额，有优雅的缓缓坡度，大致上可称贝雷软帽（beret），常覆在法国人头顶。至于毛色，则圆顶部分呈浅陶土色，看来温暖体贴。四周部分则前窄后宽，织成细密的十字花纹，为淡米黄色。戴在头上，倜傥风流，有欧洲名士的超逸，不止一次赢得研究所女弟子的青睐。但帽内的乾坤，只有我自知，天气愈寒，尤其风愈大，帽内就愈加温暖，仿佛父亲的手掌正护在我头上，掌心对着脑门。毕竟，同样的这一顶温暖曾经覆盖过父亲，如今移爱到我的头上，恩佑两代，不愧是父子相传的忠厚家臣。

回顾自己的前半生，有幸集双亲之爱，才有今日之我。当年父亲爱我，应该不逊于母亲。但小时我不常在他身边，始终呵护着我庇佑着我的，甚至在抗战沦陷区逃难，生死同命的，是母亲。呵护之亲，操作之劳，用心之苦，凡她力之所及，哪一件没有为我做过？反之，记忆中父亲从来没打过我，甚至也从未对我疾言厉色，所以绝非什么严父。不过父子之间始终也不亲热。小时他倒是常对我讲论圣贤之道，勉励我要立志立功。长夏的蝉声里，倒是有好几次父子俩坐在一起看书：他靠在躺椅上看《纲鉴易知录》，我坐在小竹凳上看《三国演义》。冬夜的桐油灯下，他更多次为我启蒙，苦口婆心引领我进入古文的世界，点醒了我的汉魄唐魂。张良啦，魏徵啦，太史公啦，韩愈啦，都是他介绍我初识的。

后来做父亲的渐渐老了，做儿子的越长大了，各忙各的。他宦游在外，或是长期出差数下南洋，或担任同乡会理事长，投入乡情侨务；我则学府文坛，烛烧两头，不但三度旅美，而且十年居港，父子交集不多。自中年起他就因痛风苦于关节痛，时发时歇，晚年更因青光眼近乎失明。二十三年前，我接台湾中山大学之聘，由香港来高雄定居。我存即毅然卖掉台北的故居，把我的父亲、她的母亲一起接来高雄安顿。

许多年来，父亲的病情与日常起居，幸有我存悉心照顾，并得我岳母操劳陪伴。身为他的独子，我却未能经常省视侍疾，想到五十年前在台大医院的加护病房，母亲临终时的泪眼，谆谆叮嘱："爸爸你要好好照顾。"实在愧疚无己。父亲和母亲鹣鲽情深，是我前半生的幸福所赖。只记得他们大吵过一次，却几乎不曾小吵。母亲逝于五十三岁，长她十岁的父亲，尽管亲友屡来劝婚，却终不再娶，鳏夫的寂寞守了三十四年，享年，还是忍年，九十七岁。

可怜的老人，以风烛之年独承失明与痛风之苦，又不能看报看电视以遣忧，只有一架古董收音机喋喋为伴。暗淡的孤寂中，他能想些什么呢？除了亡妻和历历的或是渺渺的往事，除了独子为什么不常在身边。而即使独子在身边时，也从未陪他久聊一会，更从未握他的手或紧紧拥抱住他的病躯。更别提四个可爱的孙女，都长大了吧，但除了幼珊之外，他又听得见谁的声音？

长寿的代价，是沧桑。

所以在遗物之中竟还保有他常戴的帽子，无疑是我继承的最重要的遗产。父亲在世，我对他爱得不够，而孺慕耿耿也始终未能充分表达。想必他深心一定感到遗憾，而自他去后，我遗憾更多。幸而还留下这么一顶帽子，未随碑石俱冷，尚有余温，让我戴上，幻觉未尽的父子之情，并未告终，幻觉依靠这灵媒之介，犹可贯通阴阳，串联两代，一时还不至径将上一个戴帽人完全淡忘。这一份与父共帽的心情，说得高些，是感恩，说得重些，是赎罪。不幸，连最后的这一点凭借竟也都失去，令人悔恨。

寒流来时，风势助威，我站在岁末的风中，倍加畏冷。

对不起，父亲。对不起，母亲。

二〇〇九年四月

雁山瓯水

一

二〇〇九年年底，温州市龙湾区的文联为成立十周年纪念邀请我去访问。正值隆冬，尽管地球正患暖化，但大陆各地却冷得失常。温州虽在江南之南，却并不很温，常会降到十摄氏度以下。高雄的朋友都不赞成，说太冷了，何必这时候去。结果我还是去了，因为一幅瓯绣正挂在我家的壁上，绣的是我自书的《乡愁》一诗，颇能逼真我的手稿。还因为温州古称永嘉，常令人联想到古代的名士，例如山水诗鼻祖谢灵运，就做过永嘉太守；又如王十朋、叶适、高明，当然还有号称"永嘉四灵"的徐照、徐玑、翁卷、赵师秀，都是永嘉人。更因温州还一再出现在有名的游记和题诗之中，作者包括沈括、徐霞客、袁枚、王思任、康有为、潘天寿、张大千。

天公也很作美。一月十一日和我存、季珊母女抵达温州的永强机场，刚刚下过冷雨，迎面一片阴寒，至少比高雄骤低十摄氏度。接机的主人说，近日的天气一直如此。但是从第二天起，一直到十八日我们离开，却都冬阳高照，晴冷之中洋溢着暖意，真不愧为温州。我们走后次日，竟又下起雨来，实在幸运。不仅如此，十五日黄昏我们还巧睹了日食。

另一幸事则是，在我演讲之后，导游原本安排是先去北雁荡，再去南雁荡，但为摆脱媒体紧跟，临时改为先去南雁荡。原先的"反高潮"倒过来，变成"顺高潮"，终于渐入佳境。

二

雁荡山是一个笼统的名词，其实包括北雁荡、中雁荡、南雁荡，从温州市所辖的乐清市北境一路向西南蟠蜿，直到平阳县西境，延伸了一百二十多公里。它也可以专指北雁荡山，因为北雁荡"开辟"最久，题咏最多，游客也最热衷。

我们先去拜的山，是南雁荡。入了平阳县境，往西进发，最后在路边一家"农家小院美食村"午餐。从楼上回栏尽头，赫然已见突兀的山颜石貌，头角峥嵘地顶住西天。情况显然有异了，不再是谦逊的缓缓起伏，而是有意地拔起、崛起。

在粗砾横陈的沙滩上待渡片刻，大家颤巍巍地分批上了长竹筏，由渡夫撑着竹篙送到对岸。仰对玉屏峰高傲的轮廓，想必不轻易让人过关，我们不禁深深吐纳，把巉岩峻坡交给有限的肺活量去应付。同来的主人似乎猜到吾意，含蓄地说，上面是有一险处叫"云关"。

三个台湾客，却有九个主人陪同：他们是浙江大学骆寒超教授与夫人，作家叶坪，温州市文联的女作家杨旸、董秀红、翁美玲，摄影记者江国荣、余日迁，还有导游吴玲珍。后面六位都是温州的金童玉女，深恐长者登高失足，一路不断争来搀扶，有时更左右掖助，偶尔还在险处将我们"架空"，几乎不让我们自逞"健步"。就这么"三人行，必有二人防焉"，一行人攀上了东西洞景区的西山。

雁荡山的身世历经火劫与水劫，可以追溯到两亿三千万年前。先是火山爆发，然后崩陷、复活、再隆起，终于呈现今日所见的叠嶂、方山、石门、柱峰、岩洞、天桥与峡谷，地质上称为"白垩纪流纹质破火山"。另一方面，此一山系位于东南沿海，承受了浙江省最丰沛的雨量，尤其是夏季的台风，所以火劫亿载之后又有流水急湍来刻画，形成了生动的飞瀑流泉和一汪汪的清潭。

我们一路攀坡穿洞，早过了山麓的村舍、菜圃、浅溪、枯涧。隔着时稀时密的杉柏与枫林，山颜石貌蚀刻可观，陡峭的山坡甚至绝壁，露出大斧劈、小斧劈的皴法，但山顶却常见黛绿掩蔽，又变成雨点皴法了。有些山颜石纹没有那么刚正平削，皴得又浅又密，就很像传统的披麻皴。这种种肌理，不知塞尚见了会有什么启发。

除非转弯太急或太陡，脚下的青石板级都平直宽坦，并不难登。南雁荡海拔一千二百五十七米，不算很高，但峰峦回旋之势，景随步移，变幻多端，仍令人仰瞻俯瞰，一瞥难尽其妙。云关过了是仙姑洞，忽闻铁石交叩，铿铿有声。原来是骡队自天而降，瘦蹄嘚嘚，一共七匹，就在我们身边转弯路过，背篓里全是累累的石块。骡子的眼睛狭长而温驯，我每次见到都会心动，但那天所见的几匹，长颈上的鬃毛全是白色，倒没见过。

骡队过后，见有一位算命的手相师在坡道转角设有摊位，众人便"怂恿"我不妨一试，并且围过来听他有何说法。那手相师向我摊开的掌心，诠释我的什么生命线啦，事业线啦，感情线啦都如何如何，大概都是拣正面的说，而结论是我会长寿云云。众人都笑了，我更笑说："我已经长寿了。"众人意犹未尽，问他可看得出我是何许人。他含糊以答："位阶应该不低。"众人大笑。我告诉大家，有一次在北京故宫，一个公安曾叫我"老同志"，还有一次在乡下，有个村妇叫我"老领导"。

过了九曲岭，曲折的木栏一路引我们上坡，直到西洞。岩貌高古突兀，以丑为美，反怪为奇，九仞悬崖勾结上岌岌绝壁，搭成一道不规则的竖桥，只许透进挤扁的天光，叫作洞天，是天机，还是危机？我们步步为营，跨着碇步过溪。隆冬水浅，却清澈流畅。不料刚才的骡队又迎面而来，这次不再是在陡坡上，而是在平地的溪边，却是一条杂石窄径。骡子两侧都驮着石袋，众人仓皇闪避，一时大乱，美玲和秀红等要紧贴岩壁才得幸免。

终于出得山来，再度登筏回渡，日色已斜。砾滩满是卵石，水光诱人，我忍不住，便捡了一块，俯身作势，漂起水花来。众人纷纷加入，捡到够扁的卵石，就供我挥旋。可惜石块虽多，真够扁圆的却难找。我努力投石问路，只能激起三两浪花。其他人童心未泯，也来竞投，但顽石不肯点头，寒水也吝于展笑。扫兴之余，众人匆匆上车，向两个半小时车程终点的北雁荡山火速驶去。

三

当晚投宿响岭头的银鹰山庄。抵达时已近七点，匆匆晚餐过后，导游小吴便迫不及待带我们去灵峰窥探有名的夜景。气温降得很快，幸好无风，但可以感觉，温度当在近零摄氏度的低个位数。我存和我都戴了帽子，穿上大衣，我裹的还是羽绒厚装，并加上围巾，益以口罩。暖气从口罩内呼出，和寒气在眼镜片上相遇，变成碍眼的雾气。前后虽有两支手电筒交叉照路，仍然看不分明，只好跟跄而行。

终于摸索到别有洞天的奇峰怪岩之间，反衬在尚未暗透的夜色之上，小吴为我们指点四周峰头的暧昧轮廓、巧合形态，说那是情侣相拥，这是犀牛望月，那是双乳倒悬，这是牛背牧童，而势如压顶的危岩则是雄鹰展翅。大家仰窥得颈肩酸痛，恍惚迷离，像是在集体梦游。忽然，我直觉，透过杉丛的叶隙，有什么东西在更高更远处，以神秘的灿烂似乎在向我们打暗号，不，亮号。这时整个灵峰园区万籁岑寂，地面的光害几乎为零，只有远处的观音洞狭缝里，欲含欲吐，氤氲着一线微红。但是浩瀚的夜空被四围的近峰远嶂遮去了大半，要观星象只能伸颈仰面，向当顶的天心，而且是树影疏处，去决眦辨认。那东南方仰度七十附近，三星朗朗由上而下等距地排列，正是星空不移的纵标，猎户座易认的腰带。"你们的目光要投向更高处。"我回头招呼望石生情、编织故事的小吴和她的听众，并为她们指点希腊人编织的更加古老的故事，也是古代天文学家和船长海客的传说："猎户的腰带找到了吧？对，就是那三颗的一排。再向左看，那颗很亮丽的，像红宝石，叫Betelgeuse，我们的星宿叫参宿四。腰带右侧，跟参宿四等距拱卫腰带两侧的，那颗淡蓝的亮星，希腊人叫Rigel，我们的祖先叫参宿七。腰带右下方，你们看，又有一排等距的三颗星，是猎户斜佩的剑，剑端顺方向延长五倍距离，就是夜空最明亮的恒星了——正是天狼星。这些星象是亘古不变的——孔子所见是如此，徐霞客所见也如此。"

四

次晨又是无憾的响晴天，令人振奋。越过鳞鳞灰瓦的屋顶，巍巍两山的缺口处，一炉火旺旺的红霞托出了金灿灿的日轮，好像雁荡山神在隆重欢迎我们。下得楼去，户外的庭院像笼在一张毛茸茸泛白的巨网里，心知有异。美玲、杨旸、秀红等兴奋地告诉我存和季珊，昨夜下了霜。

难怪草叶面上密密麻麻都铺满了冰晶。跟昨夜的繁星一般，这景象，我们在台湾，尤其久困在城市，已经多年未见了。

雁荡山的地势变化多姿，隔世绝尘，自成福地仙境，远观只见奇峰连嶂，难窥其深，近玩却又曲折幽邃，景随步转，难尽全貌。正如苏轼所叹，不识真面目，只缘在山中。难怪徐霞客也叹道："欲穷雁荡之胜，非飞仙不能。"古今题咏记游之作多达五千篇以上，仍以《徐霞客游记》给人的印象最深。徐霞客曾三次登上雁荡山，首次是在明代万历四十一年（一六一三年），当时才二十八岁。大家最熟悉的他的《游雁荡山日记》常见于古今文选，就是那年四月初九所记。

我们是从钟鼓二岩之间向西北行，进入灵岩景区的。到双珠谷附近，就被徐霞客的白石雕像吸引，停了下来。当然是徐霞客，雁荡山道由他来领路，再适当不过。像高约三米，右手持着长髯，面带笑意，眼神投向远方，在峰岭之间徘徊，又像入神，又像出神。柳宗元所说的"心凝形释，与万化冥合"，正是这种境界。徐霞客逝于五十五岁，雕像看起来却太老了。他去世后才三年，明朝就亡了，幸而未遭亡国之痛。他未能像史可法一样以死报国，但是明朝失去的江山却保存在他的游记里，那么壮丽动人，依然是永恒的华山夏水，真应了杜甫的诗句"国破山河在"。

沿着展旗峰蔽天的连嶂北行，景随位移，应接不暇，浅窄的眼眶，纤弱的睫毛，怎么承得起那么磅礴的山势，容得下那么迤逦的去脉来龙？到了南天门，拔地而起的天柱峰逼人左颊，似乎要抢展旗峰的霸权，比一比谁更夺目。岩石帝国一尊尊一座座高傲的重镇，将我们重重围住，用峭壁和危崖眈眈俯瞰着我们。

幸好有一座千年古刹，高门楣顶悬着黑底金字的横匾，"灵岩禅寺"，背负着屏霞峰，面对着峙立争高的天柱峰与展旗峰，而庭前散布的茶座正好让我们歇下来，在茶香冉冉中仰观"雁荡飞渡"的表演。

顺着茶客一齐眺望的方向，我发现一个红点在天柱峰顶蠕动。三四分钟后他已经荡落到山腰，原来是用两条长索系腰，不断调整，并且荡索蹬岩，一路缒下绝壁来的。然后又发现他上身着红衫，下身却着黑裤。终于缒到山脚了，赢得一阵掌声。

小吴说，这功夫是古代的农夫上山采药练出来的。雁荡山产的石斛乃名贵草药，偏偏生在岌岌的险处，采药人被迫冒险犯难，只好千钧一发，委身长绳，学飞檐走壁的蜘蛛。

话未说完，茶客又转过头来，仰对南天门的虚空。这才发现，所谓南天门的两根参天巨柱——天柱峰与展旗峰——顶端之间，竟有一痕细丝牵连。原来已有一个人影倒悬在钢索上，四肢并用地正在攀缘南天门楣，或起立，或前进，或仰卧，或跳跃，或翻筋斗。突然，那身影失足倒栽了下来。说时迟那时快，他其实并未离索，只是用双脚倒扣住绳索。观众惊呼声定，他已抵达半途，正把树叶纷纷撒下。最后，他一扬旗，用碎步奔抵展旗峰顶。

顶礼过南海观音，大家又绕到寺后去看方竹。竹笋初生，竿呈圆锥形，长成后竟变四方形，墨绿色泽非常古雅，节头有小刺枝，像是塔层。季珊就近一手握竹一手拍照，可见其枝亭亭挺立，只比她的手指稍粗。我要她们母女多多摄影，备日后游记之用。四百年前徐霞客早在日记中如此记载："十五日，寺后觅方竹数握，细如枝。林中新条，大可径寸，柔不中杖，老柯斩伐殆尽矣。"他当日所见，是能仁寺中方竹，离灵岩寺不过十里。我握着"径寸"的一截黛绿，幻觉是在和徐霞客握手。有竹为证，我怎能不继他之后，续一篇雁荡游记呢？

沿着灵岩寺旁的石径右转登山，不久便入了小龙湫溪谷，到了湫脚。不出所料，落差六十米的瀑址只有细股涓涓在虚应故事。只有层层岩脉，重重山峦，将一片岑寂围在中间。应该是理想的回声谷吧，我不禁半合双掌于两颊，形成喇叭，突发阮籍之长啸。想必惊动了静定已久的神灵，一时山鸣谷应，余韵不绝。没料到最好的音响效果便是造化，这一声楚狂、晋狂的长啸激起了同游的豪兴，大家纷纷也来参加，简直成了竹林七贤。日迁说，曾经听我在演讲时吟过古诗，要我即吟一首。我便朗吟起苏轼的《念奴娇》来。大家听到"一时多少豪杰"，一起拍手，我乘兴续吟"遥想公瑾当年……"把下半阕也吟完，效果居然不错。近年我发音低哑，无复壮岁金石之声，不免受挫。也许是昨夜睡熟，天气晴爽，又饱吸了山中的芬多精，有点脱胎换骨，更因为初入名山，受了徐霞客的感召，总之那天的长啸朗吟竟然恢复了沛然的元气，顿觉亲近了古人，回归了造化。继我之后，叶坪也即兴吟了一首七绝欢迎我来温州，又朗诵了骆夫人四十年前写给丈夫的一首新月体情诗，引来再惊空山的掌声。

雁荡山开山凿胜，始于南北朝而盛于唐宋。东晋的谢灵运曾任永嘉太守，他癖在游历，又出身豪门，僮奴既众，门生亦伙，出门探胜寻幽，往往伐木开径，惊动官府。不过当时他游屐所及，多在中雁荡山，而北雁荡山之洞天福地迄深藏未通。雁荡诸山在远古火山爆发后山酸性岩浆堆积而成，其后又历经流水侵蚀而呈今貌。北宋的科学家沈括早已指出："予观雁荡诸峰，皆峭拔险怪，上耸千尺，穹崖巨谷，不类他山，皆包在诸谷中。自岭外望之，都无所见。至谷中则森然干霄。原其理，当是为谷中大水冲激沙土尽去，唯巨石岿然挺立耳。如大小龙湫、水帘、初月谷之类，皆是水凿之穴。……世间沟壑中水凿之处，皆有植土龛岩，亦此类耳。"直到二〇〇五年，联合国才将此山评选为"世界地质公园"。是以今日游客朝山，已得现代建设之便，远非当年徐霞客历险苦攀能比。

从小龙湫的下面可以搭乘电梯直上五十米出来，就接上贴着绝壁的铁栏栈道，下临幽深的卧龙谷，可以指认小龙湫的源头。我攀上栏杆俯窥深谷，害同游的主人们吓了一跳。

下午我们就径去大龙湫，明知隆冬不能奢求水旺，也要去瞻仰那一跃一百九十七米的坠势。先是经过所谓剪刀峰，想象步移景换，变成玉兰花、啄木鸟、熊岩、桅杆峰、一帆峰等等的幻象，终于抵达飞瀑注成的寒潭，只见一泓清浅，水光粼粼，可撑长筏。徐霞客第一次来时，正值初夏，"积雨之后，怒涛倾注，变幻极势，轰雷喷雪，大倍于昨"。但此刻，崖顶水势不大，落姿舒缓，先还成股，到了半途，就散成了白烟轻雾，全不负责，要等临到落地之前，才收拾拢来，洒出一阵纤纤雨脚，仍然能令冒雨戏水的季珊和陪伴的女孩子们兴奋尖叫。这镜头，咔嚓之间，全被国荣和日迁快手捉住。我避过瀑脚，施展壁虎功贴着瀑壁的深穴游走，直到路尽才停。日迁也跟下来。不料瀑布鼓动的险风阵阵也贴着穴壁袭来。我戴了毛线红帽，裹着厚实羽绒衣，仍不胜其瑟缩。

峰高嶂连，虽然是大晴天，暮色仍来得很快。整座湫谷一时只留下我们的跫音，此外万籁都歇。过了伏虎峰，我们一路踏着石径南行，只见千佛山并列的峰头接成迤逦不断的连嶂，屏于东天。晴艳的落照反映在岌岌的绝壁上，十分壮观，把我们的左颊都烘得暖融融的，那排场，好像雁荡山脉在列队说再见。

五

雁荡山有"海上名山""寰中绝胜""天下奇秀"之誉，号称"东南第一山"。从北雁荡、中雁荡、西雁荡到南雁荡，盘盘困困，郁郁磊磊，这一整座龙脉世家，嵯峨帝国，拱卫了昔日的永嘉，今日的温州，只开放东海之岸，让瓯江浩荡出海。只就北雁荡山而言，山水之错综复杂，景象之变幻无限，就已令古人题咏再三，犹叹其妙难穷。但是在一切旅游图册中，从未见提到晚明的王思任（1574—

1646），实在可惜。此人也许不是徐霞客那样的大旅行家，但游兴之高，游记之妙，绝对也是古今罕见。他的文笔汪洋恣肆，匪夷所思，感兴之强烈，即使放在现代散文里，也可夸独特。在《小洋》一文中，他极言山高石密，溪流曲折，有"天为山欺，水求石放"之句。他的长文《雁荡山记》如此开篇：

> 雁荡山是造化小儿时所作者，事事俱糖担中物，不然，则盘古前失存姓氏，大人家劫灰未尽之花园耳。山故怪石供，有紧无要，有文无理，有骨无肉，有筋无脉，有体无衣，俱出堆累雕鏊之手。落海水不过二条，穿锁结织，如注锡流觞，去来袅脚下。昔西域罗汉诺拒那居震旦大海际，僧贯休作赞，有"雁荡经行云漠漠，龙湫宴坐雨蒙蒙"之语。至宋时构官伐木。或行四十里，至山顶，见一大池，群雁家焉，遂以此传播。谢康乐称山水癖，守永嘉，绝不知有雁荡。沈存中以为当时陵谷上蔽，未经洗发，如陕西成皋路，但彼土此石耳，理或然。

第一句就很有趣，说此山是大地小时候的玩具，山中每一景都是捏面人所挑糖担子卖的糖制人物；不然就是开天辟地以前无以名之的巨人族，浩劫之前花园中的盆景之类。这两个比喻，前者以小喻大，后者以大喻小，奇想直追《格列佛游记》。"劫灰"一词尤其暗合雁荡山火山地质的身世。"落海水"一句应指余脉入海，形成外岛与港湾。"见一大池"句释雁荡山名由来。"康乐"指谢灵运封号。"存中"是沈括的字。王思任这篇游记，长三千八百余字，为古来罕见，至于想象之生动，文采之倜傥，更是可惊。直到文末，作者意犹未尽，又夸此山："吾观灵峰之洞，白云之寨，即穷李思训数月之思，恐不能貌其胜。然非云而胡以胜也？云壮为雨，雨壮为瀑，酌水知源，助龙湫大观。他时无此洪沛力者，伊谁之臂哉。"隆冬入山，山犹此石，但水势不盛，瀑布溪涧的壮观，只能求之于古人的记游。我的温州主人们安慰我：夏天可以再来。

我对温州的年轻游伴们说：温州之名，在台湾绝不陌生，台北市南区的不少街道，久以温州及其所辖的县市命名，其中包括瑞安街和泰顺街。我有不少文坛、学府的朋友，都住在温州街的长巷岔弄。他如青田、丽水、龙泉、永康等街，也都取之于温州的近邻。至于散文大家琦君，名播两岸，更是温州自豪的乡亲。

温州人好客，美味的馄饨常温客肠。我为他们的文联盛会演讲，又去当地闻名的越秀中学访问。他们带我和我存母女先后参观了永昌堡、发绣、瓯绣、瓯塑。我特别向瓯绣的"省级大师"林缇致意，感谢她把我《乡愁》一诗的手迹刺成瓯绣。有一天，他们特地带我去参观谢灵运遗址"池上楼"，凭吊"池塘生春草，园柳变鸣禽"的千古名句，并承"博雅茶坊"主人伉俪接待，得以遍尝白糖双炊糕、灯盏糕、芙蓉糖、冻米糖之类的名点。

六

一月十五日，不拜山了，改去朝海。四十多座岛屿组成的洞头，浮列在东海上等待我们。七座的休旅车上了"灵霓北堤"，车头朝向东南，以高速驶过茫茫的海面，一边与海争地，要填来扩充市区，一边插竿牵网，培育螺蛤之类，养殖海产。没料到海阔堤长，过了霓屿和状元坳，跨越了许多桥后，才抵达洞头岛。当地县政府的邱顾问带我们一行攀上陡峭的仙叠岩，俯眺东海。在苍茫的暮霭中，他向南指指点点，说对面近海的一脉长屿也叫"半屏山"，那方向正遥对台湾，"像和你们高雄的半屏山隔海呼应"。又说洞头人会讲闽南话，原是福建的移民。此时岩高风急，浊浪连天，令人不胜天涯海角、岁末暮年之感。指顾之间，夕照已烘起晚霞，主人说不早了，便带大家回车，准备去市内晚餐。车随坡转，我恋恋回顾醺熟的落日，才一瞬间，咦，怎么日轮满满竟变成了月钩弯弯，缺了三分之二，唯有金辉不改。惊疑间，过了五秒钟才回过神来。"是日食！快停车！"大家一齐回头，都看见了，一时嗟叹连连，议论纷纷。这才想起，温州的报上已经有预告，说下午四点三十七分日环食会从云南瑞丽开始，而于四点五十九分在胶东半岛结束，至于大陆其他地区，则只能见到日偏食，甚至所谓"带食日落"。果然，在我们的车窗外，越过掩映的丛丛芦苇，几分钟后，那艳金带红的"日钩"就坠入暮色苍茫里去了。想此刻，月球上不管是神或是人，一定也眺见地球的"地食"了吧？

温州简称瓯，瓯江即由此入海。河口有大小三岛，最里面的最小，叫江心屿，隔水南望鹿城市区，北邻永嘉县界。王思任的游记《孤屿》说："九斗山之城北，有江枕曰孤屿，谢康乐所朝夕也。屿去城百楫，东西两山贯耳，海潭注其间。故于山名孤屿，而于水又名中川。"临别温州前一日，伴我和妻女共登雁荡的主人，加上温州市文联的曹凌云主席，又伴我们游岛。

天气依然晴艳，像维持了七日的奇迹。码头待渡，我们的眼神早已飞越寒潮，一遍遍扫掠过岛上的地势与塔影。

最夺目的是左右遥对的东塔、西塔。左边的西塔就像常见的七层浮屠，但是东塔，咦，怎么顶上不尖，反而鼓鼓的有一圈黑影？日迁、国荣、美玲一伙七嘴八舌，争相解释，说那是早年英国人在塔旁建领事馆，嫌塔顶鸟群聒噪，竟把塔顶毁掉，不料仍有飞鸟衔来种子，结果断垣颓壁中却长出一棵榕树，成了一座怪塔。

登上江心屿，首先便攀上石级斜坡，去探东塔虚实。果然是座空塔，一眼就望穿了，幻觉古树老根，有一半是蟠在虚空。江心孤屿，老树还真不少。南岸有一棵，不，应该说一座老榕树，不但主干上分出许多巨柯，每一柯都霜皮铜骨，槎枒轮囷，可以独当一面，蔽荫半空，即连主干本身也不容三五人合抱，还攀附着粗比巨蟒的交错根条。园方特别在其四周架设铁栏围护。如果树而能言，则风翻树叶当如翻书页，该诉说南北朝以来有多少沧桑，诉说谢灵运、李白、杜甫，以迄文天祥如何在其浓荫下走过。园中还有棵香樟，主干已半仆在地上，根也裸露出半截，却不碍其抽枝发叶，历经千春。其侧特立木牌，说明估计高寿已逾一千三百年。

游园时另有一番惊喜，不，惊艳，真正的惊艳，因为她依偎在墙角，毫不招展弄姿，所以远见浑然不觉，要到近处才蓦然醒悟，是蜡梅！树身只高人三两尺，花发节

116

上，相依颇密，排列三层，内层赧赧深紫，中层浅黄，外层辐射成鳞片，作椭圆形。傲对霜雪，愈冷愈艳，真是别树一帜的绝色佳人。我存凑近去细嗅，季珊近距去摄影。我也跟过去一亲芳泽，啊，何其矜持而又高贵，只淡淡地却又自给自足地轻放幽香。那香，轻易就俘虏了所有的鼻子与心。同游有人要我唱《乡愁四韵》，更有人低哼了起来。

岛上古迹很多，除江心寺外，尚有文信国公祠、浩然楼、谢公亭、澄鲜阁等。江心寺壁上有不少题词，王思任《孤屿》文中述及："方丈中留高宗手书'清辉'二字，懦夫乃有力笔。"我对文天祥祠最是低回，在他青袍坐姿的塑像前悲痛沉思，鞠躬而退。祠中凭吊忠臣的诗文不少，我印象最深的是乾隆年间秦瀛所写七律中的两联："南渡山川余一旅，中原天地识三仁。誓登祖逖江边楫，愤激田横岛上人。"

谢灵运公认为山水诗起源，所咏山水如《登池上楼》《游南亭》《游赤石进帆海》《晚出西射堂》等，多在温州一带；至于《登江中孤屿》一诗，描写的正是江心屿。但这些山水诗中，记游写景的分量不多，用典与议论却相杂，则不免病"隔"。因此像"乱流趋孤屿，孤屿媚中川。云日相辉映，空水共澄鲜"之句，已经难得。我常觉得，中国水墨画中对朝暾晚霞，水光潋滟，往往无能为力；西方风景画如印象派，反而要向中国古典诗中去寻求。

二〇一〇年二月

西湖怀古

接受了浙江大学的邀请，在清明节前六天由高雄直飞杭州，开始一周的访问。联络人是浙大传媒与国际文化学院的江弱水教授。早在二十世纪八十年代末期，弱水就以卞之琳先生弟子的身份和我通信，后来我又参加过他的博士论文评审。他写诗，也娴于诗学，有《古典诗的现代性》与《中西同步与位移》两书，可以印证其博涉与圆览。非但如此，他的小品文也写得风趣生动。去年五月他来台学术访问两月，事后出版了随笔集《陆客台湾》，对此行所见的世情与人物，正叙侧写，均有可观。

浙江大学的邀请，我很快就接受了，原因是多重的。首先，联络人是弱水，此行一定会妥善安排，他的品位我当然放心。其次，我上回去杭州，是在二〇〇四年五月，先在同济和复旦两校演讲，然后由喻大翔教授陪我们夫妻去游杭州，那头也由弱水接待。不过比这一切更早的，是小时候住在南京，就曾随父母来过这风雅的钱塘古都。那时我究竟几岁，已不记得，倒是后来常听父母提起，总之这件事久成我孺慕的一幕。

但是我去杭州，另有一个动机，就是成全吾妻我存的寻根之旅。我存的父亲范赉先生，也就是我从未见面的岳父，在抗日战争全面爆发的第三年春天，因肺疾殁于四川的乐山。时为一九三九年三月二十八日，他才三十九岁，留下哀伤而无助的三个女人，我存的外婆、母亲与八岁的我存，去面对不知该如何应变的国破家亡。后来的情形，只有在我存和她母亲的零星回忆和当年仅存的一本相簿里去拼凑梗概：她的父亲籍贯江苏武进，南京东南大学毕业，留学法国，回国后在浙大任教，抗战初期带家人一路逃难去大后方，终因肺病恶化而滞于乐山。

一九九六年十一月，我去四川大学访问，事后与我存专程南下乐山，凭着当年葬后留下的两张地图，想去按图索墓。毕竟事隔半个多世纪了，"再回头已百年身"，物是人非么，不但人非，抑且物非了，瞻峨门外，大渡河边，整座胡家山上早已变得沧桑难认，哪里找得到那个孤坟？

但是回过头来，浙江大学幸而犹在，不但犹在，而且校誉更隆，全国排名常在前列。趁我前去访问，一定会发现可贵的资料，可助拼图。此意向弱水提出，他说那是当然。

三月三十日的黄昏，弱水在萧山机场接机，把我们安置在西湖北山街的新新饭店。七年前我们也是下榻这里，但这回住的却是别馆的秋水山庄，即二十世纪三十年代著名报人史量才为爱妻沈秋水所筑的别墅。夜色苍茫，宽大的阳台上只见隔水的长堤，柳影不绝，灯光如练。我们果然置身杭州了。

次晨弱水和他的太太杨岭来带我们去游湖。这才发现，昨夜所见的柳堤原来是白堤，而所隔的烟水只是北里湖，还不是西湖的主湖。四人沿着北山街东行，弱水背湖仰面，为我们指点山上矗立的保俶塔。终于去到白堤东端的断桥，弱水说，相传《白蛇传》中许仙就是在这里邂逅了白娘子。桥上有一木亭，扁书"云水光中"，十多年前简锦松游湖，见题词含有我名，曾摄影相赠。那天游客不少，更多的是晨练的市民，就在亭前相拥起舞，一片太平盛世气象。不知当年父母带我来游，是否也这般旖旎风光。杭州人得天独厚，传统特长，一道堤上有多少故事，一声橹里有多少兴亡，真令我不胜艳羡。去夏我和家人游佛罗伦萨，也不胜低回，但是杭州的风流儒雅，似乎更令我神往。苏堤与白堤，岳飞墓与秋瑾墓，灵隐寺与香积寺，雷峰塔与六和塔，这一切牵人心肠的地标，甚至是引人梦游的坐标，又何逊于佛罗伦萨与威尼斯？

正是春分已过，清明待来，柳曳翠烟，桃绽绛霞，令人不由想起袁宏道赞叹的"断桥至苏公堤一带，绿烟红雾，弥漫二十余里。歌吹为风，粉汗如雨，罗纨之盛，多于堤畔之草，艳冶极矣"！那天春晴料峭，日色淡薄，白堤上游人虽多，却无什么歌吹，近午时倒是令人有些出汗。天上不时可见老鹰盘旋，游人却不怎么在意，后来越飞越低，才发现有人在堤上收线，原来竟是风筝。于是彩蝶翩翩，也会降落到女孩子手上来，我也接到一只，只有巴掌大小，竟能曼舞湖上的风云。这季节西湖的风势正好放风筝，否则不可能这样收放自如。

弱水说："走累了吧，不如上船。"四人便上了一条白帆布棚遮顶的游船，相对而坐，游起湖来。船夫兴致很好，带有本地乡音的普通话也斯文亲切。记得他只是撑篙，并不摇桨，过了张岱的湖心亭，过了诗心禅意的三潭印月，把我们放在小瀛洲浒。小船再来接渡，就把我们撑回堤上去了。

这就是我三月底的杭州之行：西湖之缘虽得以续，也只能浅尝辄止，步堤倚舷，不满一天。湖上风平浪静，岸上岁月悠悠，我的深心却不得安宁。那么长远的记忆啊，民族的，家族的，童年的，悲壮的，倜傥的，缠绵的，方寸的此心怎么容得下理得清呢？湖边一宿，别说杭州通判的"水光潋滟晴方好"了，就鉴湖女侠的一句"秋风秋雨愁煞人"，都令我客枕难安。

当天晚上，我在浙大紫金港校区的蒙民伟国际会议中心演讲，题目是《美感经验之互通——灵感从何而来》。我用不少投影来印证，讲了一个多小时。开场白就以我与杭州和浙大的因缘切入，说明小时候就随父母来过此城，又说不但杭州是我存的出生地，而且浙大是我岳父任教的学府。六百多师生报以热烈掌声。由于听众太挤，向隅的百多位只能另辟一室以屏幕听取。所以我事先还特别去另室致意一番。

我的讲座是以"东方论坛"的名义举行，并由罗卫东副校长主持，胡志毅教授介绍。讲前有一简短仪式，把客座教授的聘书颁赠给我。这么一来，我不是有幸成为岳父范赉教授的同人了吗？

更高兴的，是浙大事先已搜到有关我岳父的资料，也在那场合一并相赠。我存的寻根之旅遂不虚此行了。根据那些信史，我岳父短暂的一生乃有了这样的轮廓：

范赉，字肖岩，江苏武进人，一九〇〇年出生。东南大学毕业，留学法国，卒业于巴黎大学理科植物系。一九二八年起任教于浙江大学，为农学院园艺系副教授，每月薪资由一百六十大洋调整为二百四十大洋。一九二九年至一九三一年曾代园艺系主任。长女我存一九三一年生于杭州刀茅巷。当时浙大的农艺场、园艺场、林场、植物园等占地多达七千多亩。范教授带学生临场生物实习，曾远至舟山群岛东北端的小岛嵊山。

　　　　　　　　　　　　　　二〇一一年八月

故国神游

五月中旬去西安讲学。那是我第一次去陕西，当然也是首访西安，对那千年古都神往既久，当然也有莫大的期待。结果几乎扑了一个空。当然，那是我自己浅薄，去投的又是如此深厚的传统，加以为期不满五天，又有两场演讲、一场活动，所以知之既少，入之又浅，谈不上有何心得。"五日京兆"吗？从西周、西汉、西晋一直到隋唐，从镐京、咸阳、渭城到长安，其中历经变化，史学家甚至考古学家都得说上半天。自宋以来，其帝国之光彩就已渐渐失色，所以轮到贾平凹来写《老西安》一书时，他的副题干脆就叫作"废都斜阳"了。

从头到尾，今日西安市中心的主要景点，例如钟楼、鼓楼、碑林、大雁塔等，都过门而未入。倒是听西安人说，钟楼与鼓楼正是成语"晨钟暮鼓"之所由，而古人买东西得跑去东大街和西大街，因此而有"买东西"一词。最令我感动的是，西安还有一处"燕国志士荆轲墓"。矛盾的是，我对这古都虽然所知不多，所见更少，可是所感所思却很深。这么多年，我虽然一步也未踏过斯土，可是自作多情地却写过好几首诗，以长安为背景或现场。

我在西安的一场演讲就叫作"诗与长安"：前面一小半多引古人之作，例如李白的《忆秦娥》、杜牧的《将赴吴兴登乐游原》、白居易的《长恨歌》、辛弃疾的《菩萨蛮·书江西造口壁》，和《世说新语》"日近长安远"之说。

后面的大半场就引到我自己所写涉及长安的诗，一共七首，依次是《秦俑》《寻李白》《飞碟之夜》《昭君》《盲丐》《飞将军》《刺秦王》。我用光盘投影，一路说明并朗诵。《秦俑》颇长，从古西安说到西安事变，从桃花源说到十二尊金人和徐福的六千童男女；中间引入《诗经·秦风》四句，我就曼声吟诵出来，颇有立体效果。《寻李白》有赞谪仙三行："酒入豪肠，七分酿成了月光／余下的三分啸成剑气／漱口一吐就半个盛唐"，入选许多选集。《飞碟之夜》用科幻小说笔法想象安禄山的飞碟部队如何占领长安。《昭君》讽刺，卫青与霍去病都无法达成的事，竟要弱女子去承担。《盲丐》写我自己在美国远怀汉唐盛世的苦心，结尾有这样两句："一枝箫哭一千年／长城，你终会听见，长安，你终会听见。"《飞将军》为汉朝的名将李广抱不平，其事皆取自《史记》。《刺秦王》也本于《史记》，但叙事则始于荆轲谋刺失败，伤重倚柱时的感慨。这些事，凡中国的读书人都应知道，而这些诗，凡中国的心灵都会共鸣。行知学院礼堂虽欠空调，坐满的两千五百人，却无人离席。

另一场演讲在西安美术学院，题为"诗与美学"，情况也差不多。更值得一记的，是该校活泼的校风与可观的校园。在会议室与长廊上，一排排黑白的人像照吸引我左顾右盼，屡屡停步，只因照中人都有美学甚至文化的地位，就我匆匆一瞥的印象，至少包含蔡元培、陈寅恪、鲁迅、胡适、徐悲鸿、朱光潜、梁思成、林徽因、蔡威廉（蔡元培之女）、林文铮（蔡元培女婿，杭州艺专教务长）；外国人之中还有法兰克福学派主角的哲学家马尔库塞。

至于校园何以特别可观，也只消一瞥就立可断定。远处纵目，只见一排排一丛丛直立的方尖石体，高低参差，平均与人相等，瞬间印象又像碑林，又像陶俑。其实都不是，主人笑说，而是"拴马桩"。走近去看，才发现那些削方石体，雕纹或粗或细，顶上都踞着、栖着、蹲着、跪着一座雕品，踞者许是雄狮，栖者许是猛禽，蹲者许是围人，跪者许是奴仆，更有奴仆或守卫之类跨在狮背，千奇百怪，难以缕陈。人物的体态、面貌、表情又不同于秦兵的陶俑，该多是胡人吧，唐三彩牵马的胡围正是如此。主人说这些拴马桩多半来自渭北的农庄。看今日西安市地图，西北郊外汉长安旧址就有罗家寨、马家寨、雷家寨等六七个寨，说不定就来自那些庄宅；当然，客栈、酒家、衙门前面也需要这些吧。正遐想间，主人又说，那边还有不少可看，校园里有好几千桩。我们夫妻那天真的是大开眼界，这和江南水乡处处是桥与船大不相同。

我去西安，除了讲学之外，还参加了一个活动，经"粥会"会长陆炳文先生之介，认识了于右任先生（1879—1964）的后人。右老是陕西三原县人，早年参与辛亥革命，后来成了国民党元老，但在文化界更以书法大师久享盛誉。他是长我半个世纪的前辈，但是同在台湾，一直到他去世，我都从未得识耆宿。我更没有想到，海峡两岸对峙，尽管历经反右与"文革"的重大变化，陕西人对这位远隔的乡贤始终血浓于水，保持着敬爱与怀念。因此早在二〇〇二年，复建于右任故居的工作已在西安展开，七年后正值他诞生一百三十周年，终于及时落成。

右老乃现代书法大家，关中草圣，原于书法外行的我难有联想。但是他还是一位著名诗人，在台所写怀乡之诗颇为陕西乡亲所重。有心人联想到我的《乡愁》一诗，竟然安排了一个下午，就在西安于右任故居纪念馆内，举办"忆长安话乡愁"雅集，由西安文坛与乐界的名流朗诵并演唱右老与我的诗作共二十首。盛会由右老侄孙于大方、于大平策划，我们夫妻得以认识右老的许多晚辈，更品尝了于府精美的厨艺，领略了右老曾孙辈的纯真与礼貌。

对这位前辈，我曾凑过一副对联："遗墨淋漓长在壁，美髯倜傥似当风。"为了要写西安之行，我读了贾平凹的《老西安》一书。像贾平凹这样的当代名家，我本来以为不会提到意识形态对立而且已故多年的右老。不料他说于右任曾跑遍关中搜寻石碑，几乎搜尽了陕西的魏晋石碑，并"安置于西安文庙，这就形成了至今闻名中外的碑林博物馆"，他又说："西安人热爱于右任，不仅爱他的字，更爱他一颗爱国的心，做圣贤而能庸行，是大人而常小心。"他还说："于右任、吴宓、王子云、赵望云、石鲁、柳青……足以使陕西人和西安这座城骄傲。我每每登临城头，望着那南北纵横'井'字形的大街小巷，不由自主地就想到了他们……"

贾平凹这本《老西安》写得自然而又深入，显示作者真是性情中人。书中还有这么一段，很值得玩味："毛主席在陕北生活了十三年，新中国成立后却从未再回陕西，甚至只字未提过延安。这让陕西人很没了面子。"我在西安不过几天，偏偏碰上了毛泽东《在延安文艺座谈会上的讲话》发表七十周年纪念，不但当地有纪念的活动，北京的《诗刊》也发表了特辑。

西安之行，虽然无缘遍访古迹，甚至走马看花都说不上，幸而还去了一趟西安博物院，稍稍解了"恨古人吾不见"之憾。博物院面积颇广，由文物展馆区、荐福寺、小雁塔三者组成。我存十多年前已来过西安，这次陪我同来，也未能畅览她想看的文物，好在我们还是在此博物院中流连了近一小时。秦朝的瓦当、西汉的镏金铜钟、唐朝的三彩腾空骑马胡人俑、镏金走龙等，还是满足了我们的怀古之情与美感。我存在高雄市美术馆担任导览义工已有十六年，去年还获得"文建会"的服务奖章。她对古文物，尤其是古玉，所知颇多，并不太需要他人解释，几次开口之后，内地的导览也知道遇见内行了。

另外一件事，她就不陪我了。先是在开花的石榴树荫下，我们仰见了逼在半空的小雁塔，我立刻决定要攀登绝顶。导游是一个很帅气的青年，他说，很抱歉，规定六十五岁以上的老人不准攀爬。我在世界各地旅行，几乎无塔不登，两年前我在佛罗伦萨登过的百花圣母大教堂和觉陀钟楼都比眼前这小雁塔高，我怎么能拒绝唐代风云的号召呢？于是我对导游说，何妨先陪我爬到第三层，如果见我余勇可贾，就让我一路仰攻到顶如何。他答应了，就和炳文陪我登上第三层，见我并无异状，索性让我放步登高。一层比一层的内壁缩紧，到了十层以上，里面的空间便逼人愈甚，由不得登高客不缩头缩颈，收肘弓腰，谦卑起来。同时塔外的风景也不断地匍匐下去。这时，也没人能够分神去扶别人了。如是螺旋自拔，不让土地公在后拽腿，终于钻到了塔顶。全西安都在脚底了。足之所苦，目之所乐，登高三昧，不过如此。我总相信，登高眺远，等于向神明报到，用意是总算向八荒九垓前朝远代致敬过了。诸公登慈恩寺塔之盛事，不能与杜甫、岑参同步，也算是虚应了故事，写起游记来至少踏实得多。

导游历史熟稔，谈吐不凡，看得出胸怀大志，有先忧后乐的气概，令我油然想到定庵的警句："我劝天公重抖擞，不拘一格降人才。"问其姓名，答曰"继伟"。我对他说："将来我还会听见你的名字。"

这次去西安，错过的名胜古迹太多，只能寄望于他日。但是其中竟有一处平白错过，尤其令我不释。那就是在唐诗中屡次出现的"乐游原"。最奇怪的是：每次我向西安人提起，反应总是漠然，不是根本不知其处，就是知有其处却不在乎。也有人说，这地方有是有，还在那儿，可是你去不了。

李白的词《忆秦娥》，后半阕云："乐游原上清秋节，咸阳古道音尘绝。音尘绝，西风残照，汉家陵阙。"王国维赞其后两句，曾说："寥寥八字，关尽千古登临之口。"此地所谓"登临"，登的是乐游原，临的是汉家陵阙。杜甫七古《乐游园歌》咏当时长安仕女春秋佳节登临之盛，前四句是："乐游古园萃森爽，烟绵碧草萋萋长。公子华筵势最高，秦川对酒平如掌。"极言其地势之高，视域之广。诗末两句则是："此身饮罢无归处，独立苍茫自咏诗。"能够让人"独立苍茫"当然是登临胜地。

到了晚唐，又有一对伤心人，也是"李杜"，来此登高怀古。李商隐的《乐游原》非常有名："向晚意不适，驱车登古原。夕阳无限好，只是近黄昏。"杜牧有两首七绝咏及其地，《登乐游原》说："长空澹澹孤鸟没，万古销沉向此中。看取汉家何事业，五陵无树起秋风。"另一首《将赴吴兴登乐游原》又说："清时有味是无能，闲爱孤云静爱僧。欲把一麾江海去，乐游原上望昭陵。"

前引盛唐与晚唐各有"李杜"吟咏其地。乐游原在长安东南，诗人登高所望，都是朝西北，那方向不论是汉朝的五陵或唐朝的五陵，都令人怀古伤今，诗情与史感余韵不绝。初唐的王勃有《春日宴乐游园赋韵得接字》一诗，因为是春游，而大唐帝国正值发轫，就没有"李杜"甚至陈子昂俯仰古今之叹。

我去西安，受了"李杜"的召引，满心以为可以一登古原，西吊唐魂汉魄，印证自己从小吟诵唐诗的情怀，结果扑了一个空。西安的主人见我不甘死心，某夜当真为我驱车，不是去登古原，而是到西安东南郊外，一处上山坡道的起点，昏暗的街灯下但见铁闸深闭，其上有一告示木牌，潦草的字体大书"西安乐游原"。如此而已，更无其他。

二〇一二年六月十八日

长未必大，
短未必浅

扭不屈之颈，昂不垂之头

去追一个高悬的号召

猛虎和蔷薇

英国当代诗人西格夫里·萨松（Siegfried Sassoon，1886—1967）曾写过一行不朽的警句："In me the tiger sniffs the rose."勉强把它译成中文，便是："我心里有猛虎在细嗅蔷薇。"

如果一行诗句可以代表一种诗派（有一本英国文学史曾举柯勒律治《忽必烈汗》中的三行诗句："好一处蛮荒的所在！如此的圣洁、鬼怪，／像在那残月之下，／有一个女人在哭她幽冥的欢爱！"作为浪漫诗派的代表），我就愿举这行诗为象征诗派艺术的代表。每次念及，我不禁想起法国现代画家亨利·卢梭（Honri Rousseau，1844—1910）的杰作《沉睡的吉卜赛人》。假使卢梭当日所画的不是雄狮逼视着梦中的浪子，而是猛虎在细嗅含苞的蔷薇，我相信，这幅画同样会成为杰作。惜乎卢梭逝世，而萨松尚未成名。

我说这行诗是象征诗派的代表，因为它具体而又微妙地表现出许多哲学家所无法说清的话；它表现出人性里两种相对的本质，但同时更表现出那两种相对的本质的调和。假使他把原诗写成了"我心里有猛虎雄踞在花旁"，那就会显得呆笨、死板，徒然加强了人性的内在矛盾。只有原诗才算恰到好处，因为猛虎象征人性的一方面，蔷薇象征人性的另一面，而"细嗅"刚刚象征着两者的关系，两者的调和与统一。

原来人性含有两面：其一是男性的，其一是女性的；其一如苍鹰，如飞瀑，如怒马；其一如夜莺，如静池，如驯羊。所谓雄伟和秀美，所谓外向和内向，所谓戏剧型的和图画型的，所谓狄俄尼索斯艺术和阿波罗艺术，所谓"金刚怒目，菩萨低眉"，所谓"静如处女，动如脱兔"，所谓"骏马秋风冀北，杏花春雨江南"，所谓"杨柳岸，晓风残月"和"大江东去"，一句话，《姚姬传》所谓的阳刚和阴柔，都无非是这两种气质的注脚。两者粗看若相反，实则乃相成。实际上每个人多多少少都兼有这两种气质，只是比例不同而已。

东坡有幕士，尝谓柳永词只合十七八女郎，执红牙板，歌"杨柳岸，晓风残月"；东坡词须关西大汉，铜琵琶，铁绰板，唱"大江东去"。东坡为之"绝倒"。他显然因此种阳刚和阴柔之分而感到自豪。其实东坡之词何尝都是"大江东去"？"笑渐不闻声渐杳，多情却被无情恼""绣帘开，一点明月窥人"，这些词句，恐怕也只合十七八女郎曼声低唱吧？而柳永的词句："长安古道马迟迟，高柳乱蝉嘶"，以及"渡万壑千岩，越溪深处。怒涛渐息，樵风乍起；更闻商旅相呼，片帆高举"，又是何等境界！就是"晓风残月"的上半阕那一句"暮霭沉沉楚天阔"，谁能说它竟是阴柔？他如王维以清淡胜，却写过"一身转战三千里，一剑曾当百万师"的诗句；辛弃疾以沉雄胜，却写过"罗帐灯昏，哽咽梦中语"的词句。再如浪漫诗人济慈和雪莱，无疑地都是阴柔的了，可是清唳的夜莺也曾唱过："或是像精壮的科德慈，怒着鹰眼，凝视在太平洋上。"就是在那阴柔到了极点的《夜莺曲》里，也还有这样的句子："同样的歌声时常——迷住了神怪的长窗——那荒僻妖土的长窗——俯临在惊险的海上。"至于那只云雀，他那《西风歌》里所蕴藏的力量，简直是排山倒海，雷霆万钧！还有那一首十四行诗《阿西曼地亚斯》（*Ozymandias*），除了表现艺术不朽的思想不说，只其气象之伟大，魄力之雄浑，已可匹敌太白的"西风残照，汉家陵阙"。

也就是因为人性里面，多多少少地含有这相对的两种气质，许多人才能够欣赏和自己气质不尽相同，甚至大不相同的人。例如在英国，华兹华斯欣赏弥尔顿，拜伦欣赏波普，夏洛蒂·勃朗特欣赏萨克瑞，司各特欣赏简·奥斯汀，史云朋欣赏兰道，兰道欣赏勃朗宁。在我国，辛弃疾的欣赏李清照也是一个最好的例子。

但是平时为什么我们提起一个人，就觉得他是阳刚，而提起另一个人，又觉得他是阴柔呢？这是因为各人心里的猛虎和蔷薇所成的形势不同。有人的心原是虎穴，穴口的几朵蔷薇免不了猛虎的践踏；有人的心原是花园，园中的猛虎不免给那一片香潮醉倒。所以前者气质近于阳刚，而后者气质近于阴柔。然而踏碎了的蔷薇犹能盛开，醉倒了的猛虎有时醒来。所以霸王有时悲歌，弱女有时杀贼，梅村、子山晚作悲凉，萨松在第一次世界大战后出版了低调的《心旅》（*The Heart's Journey*）。

"我心里有猛虎在细嗅蔷薇。"人生原是战场，有猛虎才能在逆流里立定脚跟，在逆风里把握方向，做暴风雨中的海燕，做不改颜色的孤星。有猛虎，才能创造慷慨悲歌的英雄事业；含蕴耿介拔俗的志士胸怀，才能做到孟郊所谓的"镜破不改光，兰死不改香"！同时人生又是幽谷，有蔷薇才能烛隐显幽，体贴入微；有蔷薇才能看到苍蝇搓脚，蜘蛛吐丝，才能听到暮色潜动，春草萌芽，才能做到"一沙一世界，一花一天国"。在人性的国度里，一只真正的猛虎应该能充分地欣赏蔷薇，而一朵真正的蔷薇也应该能充分地尊敬猛虎：微蔷薇，猛虎变成了菲力斯丁（Philistine）；微猛虎，蔷薇变成了懦夫。韩黎诗："受尽了命运那巨棒的痛打，我的头在流血，但不曾垂下！"华兹华斯诗："最微小的花朵对于我，能激起非泪水所能表现的深思。"完整的人生应该兼有这两种至高的境界。一个人到了这种境界，他能动也能静，能屈也能伸，能微笑也能痛哭，能像二十世纪人一样的复杂，也能像亚当夏娃一样的纯真，一句话，他心里已有猛虎在细嗅蔷薇。

一九五二年十月

书斋·书灾

物以类聚，我的朋友大半也是书呆子。很少有朋友约我去户外恋爱春天。大半的时间，我总是与书为伍。大半的时间，总是把自己关在六叠之上，四壁之中，制造氮气，做白日梦。我的书斋，既不像华波尔（Horace Walpole）中世纪的哥特式城堡那么豪华，也不像格勒布街（Grub Street）的阁楼那么寒酸。我的藏书不多，也没有统计，在一千册左右。"书到用时方恨少"，花了那么多钱买书，要查点什么仍然不够应付。有用的时候，往往发现某本书给朋友借去了没还来。没用的时候，它们简直满坑，满谷；书架上排列得整整齐齐的之外，案头、椅子上、唱机上、窗台上、床上、床下，到处都是。由于为杂志写稿，也编过刊物，我的书城之中，除了居民之外，还有许多来来往往的流动户口，例如《文学杂志》《现代文学》《中外》《蓝星》《作品》《文坛》《自由青年》等等，自然，更有数以百计的《文星》。

"腹有诗书气自华"。奈何那些诗书大半不在腹中，而在架上、架下、墙隅，甚至书桌脚下。我的书斋经常在闹书灾，令我的太太、岳母和擦地板的下女顾而绝望。下女每逢擦地板，总把架后或床底的书一股脑儿堆在我床上。我的岳母甚至几度提议，用秦始皇的方法来解决。有一次，在台风期间，中和乡大闹水灾，夏菁家里数千份《蓝星》随波逐流，待风息水退，乃发现地板上、厨房里、厕所中、狗屋顶，甚至院中的树上，或正或反，举目皆是《蓝星》。如果厦门街也有这么一次水灾，则在我家，水灾过后，必有更严重的书灾。

你会说，既然怕铅字为祸，为什么不好好整理一下，使各就其位，取之即来呢？不可能，不可能！我的答复是不可能。凡有几本书的人，大概都会了解，理书是多么麻烦，同时也是多么消耗时间的一件事。对于一个书呆子，理书是带一点回忆的哀愁的。喏，这本书的扉页上写着："一九五二年四月购于台北"。（那时你还没有大学毕业哪！）那本书的封底里页，记着一个女友可爱的通信地址。（现在不必记了，她的地址就是我的。可叹，可叹！这是幸福，还是迷惘？）有一本书上写着："赠余光中，一九五九年于爱荷华城"。（作者已经死了，他巍峨的背影已步入文学史。将来，我的女儿们在文学史里读到他时，有什么感觉呢？）另一本书令我想起一位好朋友，他正在太平洋彼岸的一个小镇上穷泡，好久不写诗了。翻开这本红面烫金古色古香的诗集，不料一张叶脉毕呈枯脆欲断的橡树叶子，翩翩地飘落在地上。这是哪一个秋天的幽灵呢？那么多书，那么多束信，那么多叠的手稿！我来过，我爱过，我失去——该是每块墓碑上都适用的墓志铭。而这，也是每位作家整理旧书时必有的感想。谁能把自己的回忆整理清楚呢？

何况一面理书，一面还要看书。书是看不完的，尤其是自己的藏书。谁要能把自己的藏书读完，一定成为大学者。有的人看书必借，借书必不还。有的人看书必买，买了必不看完。我属于后者。我的不少朋友属于前者。这种分类法当然纯粹是主观的。有一度，发现自己的一些好书，甚至是绝版的好书，被朋友们久借不还，甚至于久催不理，我愤怒得考虑写一篇文章，声讨这批雅贼，不，"雅盗"，因为他们的罪行是公开的。不久我就打消这念头了，因为发现自己也未能尽免"雅盗"的作风。架上正摆着的，就有几本向朋友久借未还的书——有一本论诗的大著是向淡江某同事借的，已经半年多没还了，他也没来催。当然，这么短的"侨居"还不到"归化"的程度。有一本《美国文学的传统·下卷》，原是朱立民先生处借来，后来他料我毫无还意，绝望了，索性声明是送给我，而且附赠了上卷。在十几册因久借而"归化"了的书中，大部分是台大外文系的财产。它们的"侨龄"都已逾十一年。据说系图书馆的管理员仍是当年那位女士，吓得我十年来不敢跨进她的辖区。借钱不还，是不道德的事。书也是钱买的，但在"文艺无国界"的心理下，似乎借书不还是一件不值一提的事了。

除了久借不还的以外，还有不少书——简直有三四十册——是欠账买来的。它们都是向某家书店"买"来的，"买"是买来了，但几年来一直未曾付账。当然我也有抵押品——那家书店为我销售了百多本的《万圣节》和《钟乳石》，也始终未曾结算。不过我必须立刻声明，到目前为止，那家书店欠我的远少于我欠书店的。我想我没有记错，或者可以说，没有估计错，否则我不会一直任其发展而保持缄默。大概书店老板以为他欠我较多，而容忍了这么久。

除了上述两种来历不太光荣的书外，一部分的藏书是作家朋友的赠书。其中绝大多数是中文的新诗集，其次是小说、散文、批评和译作，自然也有少数英文，乃至法文、韩文和土耳其文的著作。这些赠书当然是来历光明的，因为扉页上都有原作者或译者的亲笔题字，更加可贵。可是，坦白地说，这一类的书，我也很少全部详细拜读完毕的。我敢说，没有一位作家会把别的作家的赠书一一览尽。英国作家贝洛克（Hilaire Belloc）有两行谐诗：

When I am dead, I hope it may be said:

"His sins were scarlet, but his books were read."

勉强译成中文，就成为：

当我死时，我希望人们会说：

"他的罪深红，但他的书有人读过。"

此地的read是双关的，它既是"读"的过去分词，又和"红"（red）同音，因此不可能译得传神。贝洛克的意思，无论一个人如何罪孽深重，只要他的著作真有人当回事地读过，也就算难能可贵了。一个人，尤其是一位作家之无法遍读他人的赠书，由此可以想见。每个月平均要收到三四十种赠书（包括刊物），我必须坦白承认，我既无时间逐一拜读，也无全部拜读的欲望。事实上，太多的大著，只要一瞥封面上作者的名字，或是多么庸俗可笑的书名，你就没有胃口开卷饕餮了。世界上只有两种作家——好的和坏的。除了一些奇迹式的例外，坏的作家从来不会变成好的作家。我写上面这段话，也许会莫须有地得罪不少赠书的作家朋友。不过我可以立刻反问他们："不要动怒。你们可以反省一下，曾经读完，甚至部分读过我的赠书没有？"我想，他们大半不敢遽作肯定的回答的。那些"难懂"的现代诗，那些"嚼饭喂人"的译诗，谁能够强人拜读呢？十九世纪牛津大学教授达巨生（C. L. Dodgson，笔名Lewis Carroll）曾将他著的童话小说《爱丽丝漫游奇境记》（*Alice in Wonderland*），呈献一册给维多利亚女王。女王很喜欢那本书，要达巨生教授将他以后的作品见赠。不久她果然收到他的第二本大著——一本厚厚的数学论文。我想女王该不会读完第一页的。

第三类的书该是自己的作品了。它们包括四本诗集、三本译诗集、一本翻译小说、一本翻译传记。这些书中，有的尚存三四百册，有的仅余十数本，有的甚至已经绝版。到现在我仍清晰地记得，印第一本书时患得患失的心情。出版的那一晚，我曾经兴奋得终宵失眠，幻想着第二天那本小书该如何震撼整个文坛，如何再版三版，像拜伦那样传奇式地成名。为那本书写书评的梁实秋先生，并不那么乐观。他预计"顶多销三百本。你就印五百本好了"。结果我印了一千册，在半年之内销了三百四十多册。不久我因参加第一届大专毕业生的预官受训，未再继续委托书店销售。现在早给周梦蝶先生销光了。目前我业已发表而迄今未印行成集的，有五种诗集，一本《现代诗选译》，一本《蔡斯德菲尔家书》，一本画家保罗·克利的评传和两种散文集。如果我不夭亡——当然，买半票，充"神童"的年代早已逝去——到五十岁时，希望自己已是拥有五十本作品（包括翻译作品）的作家，其中至少应有二十种诗集。对九缪斯许的这个愿，恐怕是太大了一点。然而照目前写作的"产量"看来，打个六折，有三十本是绝对不成问题的。

最后一类藏书，远超过上述三类的总和。它们是我付现钱买来，积少成多的中英文书籍。惭愧得很，中文书和英文书的比例，十多年来，愈来愈悬殊了。目前大概是三比七。大多数的书呆子，既读书，亦玩书。读书是读书的内容，玩书则是玩书的外表。书确是可以"玩"的。一本印刷精美、封面华丽的书，其物质的本身就是一种美的存在。我所以买了那么多的英文书，尤其是缤纷绚烂的袖珍版丛书，对那些七色鲜明设计潇洒的封面一见倾心，往往是重大的原因。"企鹅丛书"（Penguin Books）的典雅，

"现代丛书"（Modern Library）的端庄，"袖珍丛书"（Pocket Books）的活泼，"人人丛书"（Everyman's Library）的古拙，"花园城丛书"（Garden City Books）的豪华，瑞士"史基拉艺术丛书"（Skira Art Books）的堂皇富丽、尽善尽美……这些都是使蠹鱼们神游书斋的乐事。资深的书呆子通常有一种不可救药的毛病：他们爱坐在书桌前，并不一定要读哪一本书，或研究哪一个问题，只是喜欢这本摸摸，那本翻翻，相相封面，看看插图和目录，并且嗅嗅（尤其是新书的）怪好闻的纸香和油墨味。就这样，一个昂贵的下午用完了。

约翰生博士曾经说，既然我们不能读完一切应读的书，则我们何不任性而读？我的读书便是如此。在大学时代，出于一种攀龙附凤、进香朝圣的心情，我曾经遵循文学史的指点，自勉自励地读完八百多页的《汤姆·琼斯》，七百页左右的《名利场》，甚至咬牙切齿，边读边骂地咽下了《自我主义者》。自从毕业后，这种啃劲愈来愈差了。到目前忙着写诗、译诗、编诗、教诗、论诗，五马分尸之余，几乎毫无时间读诗，甚至无时间读书了。架上的书，永远多于腹中的书；读完的藏书，恐怕不到十分之三。尽管如此，"玩"书的毛病始终没有痊愈。由于常"坑"，我相当熟悉许多并未读完的书，要参考某一意见，或引用某段文字，很容易就能翻到那一页。事实上，有些书是非玩它一个时期不能欣赏的。例如凡·高的画集、康明思的诗集，就需要久玩才能玩熟。

然而，十年玩下来了，我仍然不满意自己这书斋。由于太小，书斋之中一直闹着书灾。那些漫山遍野、满坑满谷、"汗人"而不充栋的洋装书，就像一批批永远取缔不了的流氓一样，没法加以安置。由于是日式，它嫌矮，而且像一朵"背日葵"那样，永远朝北，绝对晒不到太阳。如果中国多了一个阴郁的作家，这间北向的书房应该负责。坐在这扇北向之窗的阴影里，我好像冷藏在冰箱中一只满孕着南方的水果。白昼，我似乎沉浸在海底，岑寂的幽暗奏着灰色的音乐。夜间，我似乎听得见爱斯基摩人雪橇滑行之声，而北极星的长髯垂下来，铮铮然，敲响串串的白钟乳。

可是，在这间艺术的冷宫中，有许多回忆仍是炽热的。朋友来访，我常爱请他们来这里座谈，而不去客厅，似乎这里是我的"文化背景"，不来这里，友情的铅锤落不到我的心底。弗罗斯特的凝视悬在壁上，我的缪斯是男性的。在这里，我曾经听吴望尧，现代诗一位失踪的王子，为我讲一些猩红热和翡翠冷的鬼故事。在这里，黄用给我看到几乎是他全部的作品，并且磨利了他那柄冰冷的批评之斧。

在这里，王敬羲第一次遭遇黄用，但是，使我们大失所望，并没有吵架。在这里，陈立峰，一个风骨凛然的编辑，也曾遗下一朵黑色的回忆……比起这些回忆，零乱的书籍显得整齐多了。

一九六三年四月

凡·高的向日葵

　　凡·高一生油画的产量在八百幅以上，但是其中雷同的画题不少，每令初看的观众感到困惑。例如他的自画像，就多达四十多幅。阿罗时期的《吊桥》，至少画了四幅，不但色调互异，角度不同，甚至有一幅还是水彩。《邮差鲁兰》和《嘉舍大夫》也都各画了两张。至于早期的代表作《食薯者》，从个别人物的头像素描到正式油画的定稿，反反复复，更是画了许多张。凡·高是一位求变、求全的画家，面对一个题材，总要再三检讨，务必面面俱到，充分利用为止。他的杰作《向日葵》也不例外。

　　早在巴黎时期，凡·高就爱上了向日葵。并且画过单枝独朵，鲜黄衬以亮蓝，非常艳丽。一八八八年初，他南下阿罗，定居不久，便邀高更从西北部的布列塔尼去阿罗同住。这正是凡·高的黄色时期，为了欢迎好用鲜黄的高更去"黄屋"同住，他有意在十二块画板上画下亮黄的向日葵，作为室内的装饰。

凡·高在巴黎的两年，跟法国的少壮画家一样，深受日本版画的影响。从巴黎去阿罗不过七百公里，他竟把风光明媚的普罗旺斯幻想成日本。阿罗是古罗马的属地，古迹很多，居民兼有希腊、罗马、阿拉伯的血统，原是令人悠然怀古的名胜。凡·高却志不在此，一心一意只想追求艺术的新天地。

到阿罗后不久，他就在信上告诉弟弟："此地有一座柱廊，叫作圣多芬门廊，我已经有点欣赏了。可是这地方太无情，太怪异，像一场中国式的噩梦，所以在我看来，就连这么宏伟风格的优美典范，也只属于另一世界；我真庆幸，我跟它毫不相干，正如跟罗马皇帝尼禄的另一世界没有关系一样，不管那世界有多壮丽。"

凡·高在信中不断提起日本，简直把日本当成亮丽色彩的代名词了。他对弟弟说：

"小镇四周的田野盖满了黄花与紫花，就像是——你能够体会吗？—— 一个日本美梦。"

由于接触有限，凡·高对中国的印象不正确，而对日本却一见倾心，诚然不幸。他对日本画的欣赏，也颇受高更的示范引导。去了阿罗之后，更进一步，用主观而武断的手法来处理色彩。向日葵，正是他对"黄色交响"的发挥，间接上，也是对阳光"黄色高调"的追求。

一八八八年八月底，凡·高去阿罗半年之后，写信给弟弟说："我正在努力作画，起劲得像马赛人吃鱼羹一样。要是你知道我是在画几幅大向日葵，就不会奇怪了。我手头正画着三幅油画……第三幅是画十二朵花与蕾插在一只黄瓶里（三十号大小）。所以这一幅是浅色衬着浅色，希望是最好的一幅。也许我不止画这么一幅。既然我盼望跟高更同住在自己的画室里，我就要把画室装潢起来。除了大向日葵，什么也不要……这计划要是能实现，就会有十二幅木版画。整组画将是蓝色和黄色的交响曲。每天早晨我都趁日出就动笔，因为向日葵谢得很快，所以要做到一气呵成。"

过了两个月，高更就去阿罗和凡·高同住了。不久，两位画家因为艺术观点相异，屡起争执。凡·高本就生活失常，情绪紧张，加以一生积压了多少挫折，每天更是冒着烈日劲风出门去赶画，甚至晚上还要在户外借着烛光捕捉夜景，疲惫之余，怎么还禁得起额外的刺激？圣诞节前两天，他的狂疾初发。圣诞节后两天，高更匆匆回了巴黎。

凡·高住院两周，又恢复作画，直到一八八九年二月四日，才再度发作，又卧病两周。一月二十三日，在两次发作之间，他写给弟弟的一封长信，显示他对自己的这些《向日葵》颇为看重，而对高更的友情和见解仍然珍视。他说：

> 如果你高兴，你可以展出这两幅《向日葵》。高更会乐于要一幅的，我也很愿意让高更大乐一下。所以这两幅里他要哪一幅都行，无论是哪一幅，我都可以再画一张。

> 你看得出来，这些画该都抢眼。我倒要劝你自己收藏起来，只跟弟媳妇私下赏玩。这种画的格调会变的，你看得愈久，它就愈显得丰富。何况，你也知道，这些画高更非常喜欢，他对我说来说去，有一句是："那……正是……这种花。"

> 你知道，芍药属于简宁（Jeannin），蜀葵归于郭司特（Quost），可是向日葵多少该归我。

足见凡·高对自己的《向日葵》信心颇坚，简直是当仁不让，非他莫属。这些光华照人的向日葵，后世知音之多，可证凡·高的预言不谬。在同一封信里，他甚至这么说："如果我们所藏的蒙提且利那丛花值得收藏家出五百法郎，说真的也真值，则我敢对你发誓，我画的向日葵也值得那些苏格兰人或美国人出五百法郎。"

凡·高真是太谦虚了。五百法郎当时只值一百美金，他说这话，是在一八八八年。几乎整整一百年后，在一九八七年的三月，其中的一幅《向日葵》在伦敦拍卖所得，竟是画家当年自估的三十九万八千五百倍。要是凡·高知道了，会有什么感想呢？要是他知道，那幅《鸢尾花圃》售价竟高过《向日葵》，又会怎么说呢？

一八九〇年二月，布鲁塞尔举办了一个"二十人展"（Les Vingt）。主办人透过西奥，邀请凡·高参展。凡·高寄了六张画去，《向日葵》也在其中，足见他对此画的自信。结果卖掉的一张不是《向日葵》，而是《红葡萄园》。非但如此，《向日葵》在那场画展中还受到屈辱。参展的画家里有一位专画宗教题材的，叫作德格鲁士（Henry de Groux），坚决不肯把自己的画和"那盆不堪的向日葵"一同展出。在庆祝画展开幕的酒会上，德格鲁士又骂不在场的凡·高，把他说成"笨瓜兼骗子"。罗特列克在场，气得要跟德格鲁士决斗，众画家好不容易把他们劝开。第二天，德格鲁士就退出了画展。

凡·高的《向日葵》在一般画册上，只见到四幅：两幅在伦敦，一幅在慕尼黑，一幅在阿姆斯特丹。凡·高最早的构想是"整组画将是蓝色和黄色的交响曲",但是习见的这四幅里,只有一幅是把亮黄的花簇衬在浅蓝的背景上,其余三幅都是以黄衬黄,烘得人脸颊发燠。

荷兰原是郁金香的故乡,凡·高却不喜欢此花,反而认同法国的向日葵,也许是因为郁金香太秀气、太娇柔了,而粗茎糙叶、花序奔放、可充饲料的向日葵则富于泥土气与草根性,最能代表农民的精神。

凡·高嗜画向日葵,该有多重意义。向日葵昂头扭颈,从早到晚随着太阳转脸,有追光拜日的象征。德文的向日葵叫sonnenblume,跟英文的sunflower一样。西班牙文叫此花为girasol,是由girar(旋转)跟sol(太阳)二词合成,意为"绕太阳",颇像中文。法文最简单了,把向日葵跟太阳索性都叫作soleil。凡·高通晓西欧多种语文,更常用法文写信,当然不会错过这些含义。他自己不也追求光和色彩,因而也是一位拜日教徒吗?

其次,凡·高的头发棕里带红,更有"红头疯子"之称。他的自画像里,不但头发,就连络腮的胡髭也全是红焦焦的,跟向日葵的花盘颜色相似。至于一八八九年九月他在圣瑞米疯人院所绘的那张自画像(也就是我中译的《凡·高传》封面所见),胡子还是棕里带红,头发简直就是金黄的火焰。若与他画的向日葵对照,岂不像纷披的花序吗？

因此，画向日葵即所以画太阳，亦即所以自画。太阳、向日葵、凡·高，三位一体。

另一本凡·高传记《尘世过客》(*Stranger on the Earth*, by Albert J. Lubin) 诠释此图说："向日葵是有名的农民之花，据此而论，此花就等于农民的画像，也是自画像。它爽朗的光彩也是仿自太阳，而众生之珍视太阳，已奉为上帝和慈母。此外，其状有若乳房，对这个渴望母爱的失意汉也许分外动人，不过此点并无确证。他自己（在给西奥的信中）也说过，向日葵是感恩的象征。"

从认识凡·高起，我就一直喜欢他画的《向日葵》，觉得那些挤在一只瓶里的花朵，辐射的金发，丰满的橘面，挺拔的绿茎，衬在一片淡柠檬黄的背景上，强烈地象征了天真而充沛的生命，而那深深浅浅交交错错织成的黄色暖调，对疲劳而受伤的视神经，真是无比美妙的按摩。每次面对此画，久久不甘移目，我都要贪馋地饱饫一番。

另一方面，向日葵苦追太阳的壮烈情操，有一种知其不可为而为之的志气，令人联想起中国神话的夸父逐日，希腊神话的伊卡瑞斯奔日。所以在我的近作《向日葵》一诗里，我说：

你是挣不脱的夸父

飞不起来的伊卡瑞斯

每天一次的轮回

从曙到暮

扭不屈之颈，昂不垂之头

去追一个高悬的号召

一九九〇年四月

自豪与自幸

——我的国文启蒙

　　每个人的童年未必都像童话，但是至少该像童年。若是在都市的红尘里长大，不得亲近草木虫鱼，且又饱受考试的威胁，就不得纵情于杂学闲书，更不得看云、听雨，发一整个下午的呆。我的中学时代在四川的乡下度过，正是抗战时期，尽管贫于物质，却富于自然，裕于时光，稚小的我乃得以亲近山水，且涵泳中国的文学。所以每次忆起童年，我都心存感慰。

　　我相信一个人的中文根底，必须深固于中学时代。若是等到大学才来补救，就太晚了，所以大一国文之类的课程不过虚设。我的幸运在于中学时代是在淳朴的乡间度过，而家庭背景和学校教育也宜于学习中文。

一九四〇年秋天，我进入南京青年会中学，成为初一的学生。那家中学在四川江北县悦来场，靠近嘉陵江边，因为抗战，才从南京迁去了当时所谓的"大后方"。不能算是什么名校，但是教学认真。我的中文跟英文底子，都是在那几年打结实的。尤其是英文老师孙良骥先生，严谨而又关切，对我的教益最多。当初若非他教我英文，日后我是否进外文系，大有问题。

至于国文老师，则前后换了好几位。川大毕业的陈梦家先生，兼授国文和历史，虽然深度近视，戴着厚如酱油瓶底的眼镜，却非目光如豆，学问和口才都颇出众。另有一个国文老师，已忘其名，只记得仪容儒雅，身材高大，不像陈老师那么不修边幅，甚至有点邋遢。更记得他是北师大出身，师承自多名士耆宿，就有些看不起陈先生，甚至溢于言表。

高一那年，一位前清的拔贡来教我们国文。他是戴伯琼先生，年已古稀，十足是川人惯称的"老夫子"。依清制科举，每十二年由各省学政考选品学兼优的生员，保送入京，也就是贡入国子监，谓之拔贡。再经朝考及格，可充京官、知县或教职。如此考选拔贡，每县只取一人，真是高才生了。戴老夫子应该就是巴县（江北县）的拔贡，旧学之好可以想见。冬天他来上课，步履缓慢，意态从容，常着长衫，戴黑帽，坐着讲书。至今我还记得他教周敦颐的《爱莲说》，如何摇头晃脑，用川腔吟诵，有金石之声。这种老派的吟诵，随情转腔，一咏三叹，无论是当众朗诵或者独自低吟，对于体味古文或诗词的意境，最具感性的功效。现在的学生，甚至主修中文系的，也往往只会默读而不会吟诵，与古典文学不免隔了一层。

为了戴老夫子的耆宿背景，我们交作文时，就试写文言。凭我们这一手稚嫩的文言，怎能入夫子的法眼呢？幸而他颇客气，遇到交文言的，他一律给六十分。后来我们死了心，改写白话，结果反而获得七八十分，真是出人意料。

有一次，和同班的吴显恕读了孔稚珪的《北山移文》，佩服其文采之余，对纷繁的典故似懂非懂，乃持以请教戴老夫子，也带点好奇，有意考他一考。不料夫子一瞥题目，便把书合上，滔滔不绝，不但我们问的典故他如数家珍地详予解答，就连没有问的，他也一并加以讲解，令我们佩服之至。

国文班上，限于课本，所读毕竟有限，课外研修的师承则来自家庭。我的父母都算不上什么学者，但他们出身旧式家庭，文言底子照例不弱，至少文理是晓畅通达的。

我一进中学，他们就认为我应该读点古文了，父亲便开始教我魏徵的《谏太宗十思疏》，母亲也在一旁帮腔。我不太喜欢这种文章，但感于双亲的谆谆指点，也就十分认真地学习。接下来是读《留侯论》，虽然也是以知性为主的议论文，却淋漓恣肆，兼具生动而铿锵的感性，令我非常感动。再下来便是《春夜宴桃李园序》《吊古战场文》《与韩荆州书》《陋室铭》等几篇。我领悟渐深，兴趣渐浓，甚至倒过来央求他们多教一些美文。起初他们不很愿意，认为我应该多读一些载道的文章，但见我颇有进步，也真有兴趣，便又教了《为徐敬业讨武曌檄》《滕王阁序》《阿房宫赋》。

父母教我这些，每在讲解之余，各以自己的乡音吟哦给我听。父亲诵的是闽南调，母亲吟的是常州腔，古典的情操从乡音深处召唤着我，对我都有异常的亲切感。就这么，每晚就着摇曳的桐油灯光，一遍又一遍，有时低回，有时高亢，我习诵着这些古文，忘情地赞叹骈文的工整典丽，散文的开阔自如。这样的反复吟咏，潜心体会，对于真正进入古人的感情，去呼吸历史，涵泳文化，最为深刻、委婉。日后我在诗文之中展现的古典风格，正以桐油灯下的夜读为其源头。为此，我永远感激父母当日的启发。

不过那时为我启蒙的，还应该一提二舅父孙有孚先生。那时我们是在悦来场的乡下，住在一座朱氏宗祠里，山下是南去的嘉陵江，涛声日夜不断，入夜尤其撼耳。二舅父家就在附近的另一个山头，和朱家祠堂隔谷相望。父亲经常在重庆城里办公，只有母亲带我住在乡下，教授古文这件事就由二舅父来接手。他比父亲要闲，旧学造诣也似较高，而且更加喜欢美文，正合我的抒情倾向。

他为我讲了前后《赤壁赋》和《秋声赋》，一面捧着水烟筒，不时吱吱地抽吸，一面为我娓娓释义，哦哦诵读。他的乡音同于母亲，近于吴侬软语，纤秀之中透出儒雅。他家中藏书不少，最吸引我的是一部插图动人的线装《聊斋志异》。二舅父和父亲那一代，认为这种书轻佻侧艳，只宜偶尔消遣，当然不会鼓励子弟去读。好在二舅父也不怎么反对，课余任我取阅，纵容我神游于人鬼之间。

后来父亲又找来《古文笔法百篇》和《幼学琼林》《东莱博议》之类，抽教了一些。长夏的午后，吃罢绿豆汤，父亲便躺在竹睡椅上，一卷接一卷地细览他的《纲鉴易知录》，一面叹息盛衰之理，我则畅读旧小说，尤其耽看《三国演义》。《西游记》《水浒传》，甚至《封神榜》《东周列国志》《七侠五义》《包公案》《平山冷燕》等等，也在闲观之列，但看得最入神也最仔细的，是《三国演义》，连草船借箭那一段的《大雾迷江赋》也读了好几遍。至于《儒林外史》和《红楼梦》，则要到进了大学才认真阅读。当时初看

《红楼梦》，只觉其婆婆妈妈，很不耐烦，竟半途而废。早在高中时代，我的英文已经颇有进境，可以自修《莎氏乐府本事》（*Tales from Shakespeare*, by Charles Lamb），甚至试译拜伦《恰尔德·哈罗德游记》（*Childe Harold's Pilgrimage*）的片段。只怪我野心太大，头绪太多，所以读中国作品也未能全力以赴。

我一直认为，不读旧小说难谓中国的读书人。"高眉"（high-brow）的古典文学固然是在诗文与史哲，但"低眉"（low-brow）的旧小说与民谣、地方戏之类，却为市井与江湖的文化所寄，上至骚人墨客，下至走卒贩夫，广为雅俗共赏。身为中国人而不识关公、包公、武松、薛仁贵、孙悟空、林黛玉，是不可思议的。如果说庄、骚、李、杜、韩、柳、欧、苏是古典之葩，则《西游》《水浒》《三国》《红楼》正是民俗之根，有如圆规，缺其一脚必难成其圆。

读中国的旧小说，至少有两大好处。一是可以认识旧社会的民情风土、市井江湖，为儒道释俗化的三教文化作一注脚；另一则是在文言与白话之间搭一桥梁，俾在两岸自由来往。当代学者慨叹学子中文程度日低，开出来的药方常是"多读古书"。其实目前学生中文之病已近膏肓，勉强吞咽几丸《孟子》或《史记》，实在是杯水车薪，无济于事，根底太弱，虚不受补。倒是旧小说融贯文白，不但语言生动，句法自然，而且平仄妥帖，词汇丰富。用白话写的，有口语的流畅，无西化之夹生，可谓旧社会白话文的"原汤正味"；而用文话写的，如《三国演义》《聊斋志异》与唐人传奇之类，亦属浅近文言，便于白话过渡。加以故事引人入胜，这些小说最能使青年读者潜化于无形，耽读之余，不知不觉就把中文摸熟弄通，虽不足从事什么声韵训诂，至少可以做到文从字顺，达意通情。

我那一代的中学生，非但没有电视，也难得看到电影，甚至广播也不普及。声色之娱，恐怕只有靠话剧了，所以那是话剧的黄金时代。一个穷乡僻壤的少年要享受故事，最方便的方式就是读旧小说。加以考试压力不大，都市娱乐的诱惑不多而且太远，而长夏午寐之余，隆冬雪窗之内，常与诸葛亮、秦叔宝为伍，其乐何输今日的磁碟、录影带、卡拉OK？而更幸运的，是在"且听下回分解"之余，我们那一代的小"看官"们竟把中文读通了。

同学之间互勉的风气也很重要。巴蜀文风颇盛，民间素来重视旧学，可谓弦歌不辍。我的四川同学家里常见线装藏书，有的可能还是珍本，不免拿来校中炫耀，乃得奇书共赏。当时中学生之间，流行的课外读物分为三类，即：古典文学，尤其是旧小说；新文学，尤其是三十年代白话小说；翻译文学，尤其是帝俄与苏联的小说。三类之中，我对后两类并不太热衷，一来因为我勤读英文，进步很快，准备日后直接欣赏原文，至少可读英译本；二来我对当时西化而生硬的新文学文体，多无好感，对一般新诗，尤其是普罗八股，实在看不上眼。同班的吴显恕是蜀人，家多古典藏书，常携来与我共赏，每遇奇文妙句，辄同声啧啧。有一次我们迷上了《西厢记》，爱不释手，甚至会趁下课的十分钟展卷共读，碰上空堂，更并坐在校园的石阶上，膝头摊开张生的苦恋，你一节，我一段，吟咏什么"颠不刺的见了万千，似这般可喜娘的庞儿罕曾见"。后来发现了苏曼殊的《断鸿零雁记》，也激赏了一阵，并传观彼此抄下的佳句。

至于诗词，则除了课本里的少量作品以外，老师和长辈并未着意为我启蒙，倒是性之相近，习以为常，可谓无师自通。当然起初不是真通，只是感性上觉得美，觉得亲切而已。遇到典故多而背景曲折的作品，就感到隔了一层，纷繁的附注也不暇细读。不过热爱却是真的，从初中起就喜欢唐诗，到了高中更兼好五代与宋之词，历大学时代而不衰。

最奇怪的，是我吟咏古诗的方式，虽得闽腔吴调的口授启蒙，兼采二舅父哦叹之音，日后竟然发展成唯我独有的曼吟回唱，一波三折，余韵不绝，跟长辈比较单调的诵法全然相异。五十年来，每逢独处寂寞，例如异国的风朝雪夜，或是高速长途独自驾车，便纵情朗吟："弃我去者昨日之日不可留，乱我心者今日之日多烦忧！"或是："长洪斗落生跳波，轻舟南下如投梭。水师绝叫凫雁起，乱石一线争磋磨！"顿觉太白、东坡就在肘边，一股豪气上通唐宋。若是吟起更高古的"老骥伏枥，志在千里。烈士暮年，壮心不已"，意兴就更加苍凉了。

《晋书·王敦传》说，王敦酒后辄咏曹操这四句古诗，一边用玉如意敲打唾壶作节拍，壶边尽缺。清朝的名诗人龚自珍有这么一首七绝："回肠荡气感精灵，座客苍凉酒半醒。自别吴郎高咏减，珊瑚击碎有谁听？"说的正是这种酒酣耳热，纵情朗吟，而四座共鸣的豪兴。这也正是中国古典诗感性的生命所在。只用今日的国语来读古诗或者默念，只恐永远难以和李杜呼吸相通，太可惜了。

前年十月，我在英国六个城市巡回诵诗。每次在朗诵自己作品六七首的英译之后，我一定选一两首中国古诗，先读其英译，然后朗吟原文。吟声一断，掌声立起，反应之热烈，从无例外。足见诗之朗诵具有超乎意义的感染性，不幸这种感性教育今已荡然无存，与书法同一式微。

去年十二月，我在"第二届中国文学翻译国际研讨会"上，对各国的汉学家报告我中译王尔德喜剧《温夫人的扇子》的经验，说王尔德的文字好炫才气，每令译者"望洋兴叹"而难以下笔，但是有些地方碰巧，我的译文也会胜过他的原文。众多学者吃了一惊，一起抬头等待下文。我说："有些地方，例如对仗，英文根本比不上中文。在这种地方，原文不如译文，不是王尔德不如我，而是他捞过了界，竟以英文的弱点来碰中文的强势。"

我以身为中国人自豪，更以能使用中文为幸。

一九九三年一月

不朽与成名

在唐朝的诗人之中，杜牧的成就当然不能比肩李白、杜甫，但是他的好几首七绝，李白、杜甫也未必写得出来。其中《寄扬州韩绰判官》："青山隐隐水迢迢，秋尽江南草未凋。二十四桥明月夜，玉人何处教吹箫？"是我的最爱，小时候一读就已倾心，直到现在。若问我什么原因，却又说不出来，只直觉诗境自远而近，远景空阔，近景透明，到了诗末，更有余音袅袅。以"隐隐""迢迢"的双叠起句，更以"尽"呼应"隐隐"，以"凋""桥""教""箫"再三呼应"迢迢"，韵感十分充沛。小时候读唐诗，不耐烦细看注解。二十四桥究竟是哪二十四座呢？不少版本都详列了出来，令人扫兴极了。知道了那么多桥名，对诗意有什么帮助呢？七年前我在扬州游瘦西湖，当地人才告诉我，所谓二十四桥其实只是一座桥，就叫"二十四桥"，又名"红药桥"。我听后大失所望。小时初读，还以为真有二十四座桥，月色无边，桥影遥遥相接，每座桥上有一美人，在风流的韩判官调教之下，箫声此起彼落，呼应有致，凌波而来呢。原来桥仅一座，玉人却有二十四位，当然全是歌伎，也就是"楚腰纤细"的青楼中人，而所谓"玉人"也可以是称判官而已。

不过，诗意虽然如此迷离，意境却是极其美的。就像"雁声远过潇湘去，十二楼中月自明"与"南朝四百八十寺，多少楼台烟雨中"一样，有一种迷幻不定之美。说来说去，真正的赢家还是韩绰，在月色箫声之中，他的风流形象一直传到今天。他，不朽了，美名永不磨灭。不过他的不朽并不等于成名。成名的是杜牧，但韩绰跟着不朽。常人要不朽，绝非易事，但诗人的朋友什么都不必做，就可以随着诗人传后。天下竟有这么上算的事情。可是，同样列名于名诗，也不一定总是这么风光。例如綦毋潜，虽然上了《唐诗三百首》的篇名：《送綦毋潜落第还乡》，不管王维写得多么委婉，却再也摆不脱"落第生"的负面印象了。

中国古典诗中，朋友赠答之作特多，反映诗人公开的活动空间，是一男性社会，但不便公开的异性关系，就得隐藏于"无题""有赠"之中。同性文友之间，常称对方为某家老几。例如李白、高适就称杜甫为杜二，意即杜家排行老二，乃有李诗《鲁郡东石门送杜二甫》，高诗《人日寄杜二拾遗》。同样地，王维诗《渭城曲》原名《送元二使安西》，也即元家老二之意。不过杜甫昵称杜二，人人皆知，元二是何许人，却不知其名。《渭城曲》太有名了，元二也因此不朽。但是元二的不朽却与韩绰不同，因为只知他是元家兄弟，却未得其全名，所以并非"成名"，只算半隐半现的不朽。杜甫也有《送元二适江左》一诗，但是适江左梓州是东行，渭城去安西却朝西远征，相距太远，所以这两位元二恐非一人。

杜甫有名的五古《赠卫八处士》，其中的卫八也不知全名，所以也只算一半不朽，不算成名。我不禁想起，如果是王家的老八，又该怎样称呼呢？果然在《全唐诗》中找到有一首诗，是赠王八员外的。这太好笑了，因此也可推论，骂人王八，该是唐朝以后的说法。

白居易的五绝名作《问刘十九》："绿蚁新醅酒，红泥小火炉。晚来天欲雪，能饮一杯无？"酒香诱客，友情感人，这位刘十九终于有未应召，并不重要，但他收到的召饮简讯，却是千古无比的重礼，令天下的馋肠垂涎至今。

白居易温了酒，送了诗，却成全刘十九诗酒并享，而且永垂不朽，羡煞了天下的诗友、酒伴。

不过，并非人人入诗皆成不朽。必须诗先不朽然后入诗的人才能跟着不朽；至于无名的诗、平庸的诗，更不提歪诗、劣诗了，即使有所题赠，也不会令受者扬名传后。就连大诗人的作品，也未必篇篇众口竞传。李白再三赠诗给岑勋与元丹丘，不但见于《将进酒》，还见于《鸣皋歌送岑征君》与《西岳云台歌送丹丘子》等篇，真是够交情了，却仍不及韩绰判官在"二十四桥明月夜，玉人何处教吹箫"句中那么风流可羡。倒是"烟花三月下扬州"的孟浩然，与"桃花潭水深千尺"的汪伦，形象生动难忘：孟浩然自己本已有名，无须仰赖谪仙以传，可是"烟花三月下扬州"的酷态，才能教孟夫子"风流天下闻"，而孟夫子自己的诗却无如此洒脱。受益更多的恐怕还是汪伦，本身原来不足传后，只因招待的是李白，外加到岸边踏歌送行，轻轻松松，就流芳千古了。至于一饭有恩的老太婆——《宿五松山下荀媪家》，一醉难忘的老头子——《哭宣城善酿纪叟》，根本想不到什么朽与不朽，却因谪仙感恩题诗，竟以漂母、杜康之姿传后了。

另一种情况是：诗人的朋友虽然有幸被题咏入诗，但诗中所咏未必是恭维，甚至不幸是嘲弄。例如光、黄之间的隐士陈季常，在苏东坡的《方山子传》中是一位亦儒亦侠的性情中人，但入了东坡的诗《寄吴德仁兼简陈季常》，就变成一个惧内的丈夫。东坡说他"龙丘居士亦可怜，谈空说有夜不眠。忽闻河东狮子吼，拄杖落手心茫然"。从此"季常癖"竟成了怕老婆的婉辞。

最不幸的，是做了诗人的敌人，因而入了他的讽刺诗，永以负面形象传后。例如三流诗人谢德威尔（Thomas Shadwell）入了朱艾敦的讽刺诗《麦克·佛拉克诺》（*Mac FlecKnoe*），就成了庸才麦克·佛拉克诺亲点的继承人，去接荒谬帝国的王位。又如桂冠诗人骚塞（Robert Southey），不但得罪了少年气盛的拜伦，抑且对精神失常的英王乔治三世歌颂太甚，终于落入拜伦的讽刺长诗《帝阍审判记》（*The Vision of Judgement*），为助乔治三世进入天国而诵颂诗，竟使众魂掩耳逃难，而自身也被推落湖区，为天下所笑。这样的受辱难谓"不朽"，更非"成名"，绝非"流芳"，只算"遗臭"。骚塞当然不是大诗人，他的诗倒也并不是一无是处，他的散文作品如《纳尔逊传》更不失为佳作。骚塞之失算在于低估了拜伦的才气与脾气，便贸然在歌颂乔治的长诗（题目也是《帝阍审判记》[*The Vision of Judgement*]）中先向拜伦挑战，把他和雪莱称为"恶魔诗派"，反而激起了拜伦的豪气，即沿用骚塞原题挥戈反击，令骚塞在神鬼之间诵诗出丑。拜伦此诗传后至今，已经公认为一篇杰作，与《唐璜》共同奠定拜伦讽刺大家的地位。骚塞原诗却已无人问津了。两诗较力，赢的是好诗。骚塞成了一大输家，灰头土脸，比韩绰判官和刘十九，逊得多了。

二〇〇八年九月

长未必大，短未必浅

孟德斯鸠曾说："演说家深度不足，每用长度来补偿。"这就苦了无辜的听众了。其实以短取胜，并不限于演讲，更包括不少需要急智的场合，例如答问、题词、解嘲、说笑话等等。近年去大陆访问，往往被迫当众题词，而游罢名胜古迹、亭台楼阁之间，也每每要面对文房四宝，骑虎之势，不得不当众挥毫。因此登临的快意不免扫兴。事前固然可以稍作准备，不过常常不合现场的真相，倒是临时即兴，却每得佳句。这可能就是所谓"厚积薄发"吧。

最轻松的一次，是在闽侯的"冰心纪念馆"。我题了四个字："如在玉壶"。观众不料题词这么短，但很快就悟出是取自王昌龄的"一片冰心在玉壶",乃报以由衷的掌声。

常德在沅江的堤岸上设有诗墙,上刻古今名诗,长达二点七公里。洛夫、郑愁予和我的作品亦在其列。主人索题,我大书"诗国长城"四字,意犹未尽,又添了两句副题:"外抗洪水,内御时光"。观者再度鼓掌。

桂林东北有灵渠,秦始皇为进攻百越而下令开凿,既便舟楫,又兴水利,乃有湘漓同源之说。我讨巧题了一句"一点灵犀通灵渠"。近日游客回台,告诉我还见到这题词。

成都的武侯祠,我是这样题的:"魏王无庙,武侯有祠,涕泣一表,香火万世。"近日报载:曹操还是有庙的,可是遭人盗墓,显得凌乱,枉自算尽机关。

今年端午,秭归邀我参加祭吊屈原的盛典。萧萧、游唤、陈宪仁及明德大学的汪大永校长、罗文玲院长也参加了文化论坛。我在典礼上朗诵了为这场合新写的第七首颂屈之诗《秭归祭屈原》,诗长八十六行,六分钟才诵毕。事后又去宜昌的三峡大学演讲。校方安排我和流沙河、李元洛参观博物馆的古文物。流沙河题:"楚人失之,楚人得之。"我用其意而稍加曲折,题为"楚人失之者,湖北人得之",把大家逗笑了。

大陆许多报刊记者访问过我,当然也向我索题。题得太多,大半都已忘记。印象较深的是为河南《寻根》双月刊所题:"根索水而入土,叶追日而上天。"今年端午,为《三峡商报》题的是:"商道唯诚,报导唯真。""报导"当然也暗喻"报道"。为武汉的《楚天都市报》,我的题词是:"愿汉水长流,楚天更阔。"

不少景点的主管索题,我往往就写:"最美丽的辖区,最风雅的责任。"这两句话简直可以通行天下。至于为观众签名,如有坚持索讨题句,近年我常写的是这样的美学:"曲高未必和寡,深入何妨浅出。"有时偷懒,就题:"文以会友,诗以结缘。"较长的题句也包括:"唯你的视线无限,能超越地平线的有限。"如果写信给高中生,就会有这样的句子:"中学乃学问之上游,上游清则下游畅。"近日朋友的女儿考取艺术大学,朋友要我赠句勉励。我欣然题下:"以身许美,从艺而终。"

我在台湾中山大学已有二十五年,为学校题句无数,马克杯上、骨瓷杯上、磨砂杯上、铅笔上、运动衫上、伞上,甚至薪俸通知单上,都有我的题句。骨瓷杯上那首《西湾黄昏》已经收入诗集《高楼对海》。磨砂杯上,从左到右有两句连环成诗:"这世界待你向前推动,像杯子旋转在你掌中。"诗读完了,杯子也在你掌中转了一圈,不无创意吧?二十周年校庆正值二〇〇〇年,运动衫上乃有我题的:"二十岁的活力,两千年的新机。"伞上题的小诗必定会逗路人一笑，全是短句："撑伞，是出发／收伞，是到家／带伞，是先见／掉伞，是常情／借伞，是借口／还伞，是有心／共伞，跟谁呢？／当心，是缘分！"

我文章里的一句话："蓝墨水的上游是汨罗江"，湖南人常常引用，二〇〇五年端午汨罗市的街上，到处有红底白字的跨街布条，用这句话向屈原致敬。

星云大师展出他有名的"一笔书法"。我以一联相赠："一笔贯日月，八方悬星云。"于右任一百三十冥诞纪念，陆炳文嘱我题句，我报以"遗墨淋漓长在壁，美髯倜傥犹当风"。泉州新建"闽台缘博物馆"，展出我的《乡愁》一诗，并向我索题。我报以"香火长传妈祖庙，风波不阻闽台缘"。

现实生活有时候激发了灵感，不待纸笔，就口占了出来。一九九四年和高天恩、欧茵西、隐地等去布拉格，会后沿街选购水晶精品，兴致越来越高，但也有人这件嫌贵，那件嫌重，沉吟不决。我随口编了一首劝购歌鼓舞士气，歌曰：

昨天太穷

后天太老

今天不买

明天懊恼

　　同伴传诵之余，也就不管悭囊之轻，行李之重，尽兴买下去了。

　　有时候成语活用或是改编，也颇有趣。这种因旧生新，化凡为巧的戏拟体，也不失为锻炼想象。例如讲学归来，平添了许多赠书与厚礼，说是"满载而归"，其实行李超重，打包不易，应该叫作"积重难返"。又如"朝秦暮楚"，不必专指反复无常了，也可以移来形容空姐吧。若嫌秦楚格局太小，不妨改用"欧风美雨"。依此类推，"杞人忧天"也不必是负面之词，反而有正面的环保先见了。美国前副总统戈尔不正是今之杞人吗？他如"近墨者黑"一词，常令我联想到猫王普雷斯利演唱时的肢体语言，是来自从小习于黑人的蓝调，尤其是学恰克·贝瑞的"抖膝功"。"迈克尔雄风"则是我将迈克尔风扭曲得来。许多人演讲，不懂如何对待迈克尔风，一味凑近去猛吼，还自以为雄风震耳呢。

　　我自己的文章里，不时也有一些片段，可以独立于上下文之外，有自己的生命。这些句子都不超过七十个字，合于"短讯"的规格。例如："光，像棋中之车，只能直走；声，却像棋中之炮，可以飞越障碍而来。我们注定了要饱受噪声的迫害。"又如："善言，能赢得观众。善听，才赢得朋友。"

二〇一〇年六月

娓娓与喋喋

湘云之后是楚烟，山长水远

五千载与八万万，全在那里面……

朋友四型

　　一个人命里不见得有太太或丈夫，但绝对不可能没有朋友。即使是荒岛上的鲁滨逊，也不免需要一个"礼拜五"。一个人不能选择父母，但是除了鲁滨逊之外，每个人都可以选择自己的朋友。照说选来的东西，应该符合自己的理想才对，但是事实又不尽然。你选别人，别人也选你。被选，是一种荣誉，但不一定是一件乐事。来按你门铃的人很多，岂能人人都令你"喜出望外"呢？大致说来，按铃的人可以分为下列四型：

　　第一型，高级而有趣。这种朋友理想是理想，只是可遇而不可求。世界上高级的人很多，有趣的人也很多，又高级又有趣的人却少之又少。高级的人使人尊敬，有趣的人使人欢喜，又高级又有趣的人，使人敬而不畏，亲而不狎，交接愈久，芬芳愈醇。譬如新鲜的水果，不但甘美可口，而且富于营养，可谓一举两得。朋友是自己的镜子。一个人有了这种朋友，自己的境界也低不到哪里去。东坡先生杖履所至，几曾出现过低级而无趣的俗物？

第二型，高级而无趣。这种人大概就是古人所谓的诤友，甚至畏友了。这种朋友，有的知识丰富，有的人格高超，有的呢，"品学兼优"像一个模范生，可惜美中不足，都缺乏那么一点儿幽默感，活泼不起来。你总觉得，他身上有那么一个窍没有打通，因此无法豁然恍然，具备充分的现实感。跟他交谈，既不像打球那样，你来我往，此呼彼应，也不像滚雪球那样，把一个有趣的话题愈滚愈大。精力过人的一类，只管自己发球，不管你接不接得住。消极的一类则以逸待劳，难得接你一球两球。无论对手是积极或消极，总之该你捡球，你不捡球，这场球是别想打下去的。这种畏友的遗憾，在于趣味太窄，所以跟你的"接触面"广不起来。天下之大，他从城南到城北来找你的目的，只在讨论"死亡在法国现代小说中的特殊意义"，或是"爱斯基摩人对于性生活的态度"。为这种畏友捡一晚上的球，疲劳是可以想见的。这样的友谊有点像吃药，太苦了一点。

第三型，低级而有趣。这种朋友极富娱乐价值，说笑话，他最黄；说故事，他最像；消息，他最灵通；关系，他最广阔；好去处，他都去过；坏主意，他都打过。世界上任何话题他都接得下去，至于怎么接法，就不用你操心了。他的全部学问，就在不让外行人听出他没有学问。至于内行人，世界上有多少内行人呢？所以他的马脚在许多客厅和餐厅里跑来跑去，并不怎么露眼。这种人最会说话，餐桌上有了他，一定宾主尽欢，大家喝进去的美酒还不如听进去的美言那么"沁人心脾"。会议上有了他，再空洞的会议也会显得主题正确，内容充沛，没有白开。如果说，第二型的朋友拥有世界上全部的学问，独缺常识，这一型的朋友则恰恰相反，拥有世界上全部的常识，独缺学问。照说低级的人而有趣味，岂非低级趣味，你竟能与他同乐，岂非也有低级趣味之嫌？不过人性是广阔的，谁能保证自己毫无此种不良的成分呢？如果要你做鲁滨逊，你会选第三型还是第二型的朋友做"礼拜五"呢？

第四型，低级而无趣。这种朋友，跟第一型的朋友一样少，或然率相当之低。这种人当然自有一套价值标准，非但不会承认自己低级而无趣，恐怕还自以为又高级又有趣呢。然则，余不欲与之同乐矣。

一九七二年五月

187

幽默的境界

据说秦始皇有一次把他的苑囿扩大，大得东到函谷关，西到今天的凤翔和宝鸡。宫中的弄臣优旃说："妙极了！多放些动物在里面吧。要是敌人从东边打过来，只要教麋鹿用角去抵抗，就够了。"秦始皇听了，就把这计划搁了下来。

这么看来，幽默实在是荒谬的解药。委婉的幽默，往往顺着荒谬的逻辑夸张下去，使人领悟荒谬的后果。优旃是这样，淳于髡、优孟是这样，包可华也是这样。西方有一句谚语，大意是说：解释是幽默的致命伤，正如幽默是浪漫的致命伤。虚张声势，故作姿势的浪漫，也是荒谬的一种，凡事过分不合情理，或是过分违背自然，都构成荒谬。荒谬的解药有二：第一是坦白指摘，第二是委婉讽喻，幽默属于后者。什么时候该用前者，什么时候该用后者，要看施者的心情和受者的悟性。心情好，婉说；心情坏，直说。对聪明人，婉说；对笨人，只有直说。用幽默感来评人的等级，有三等。第一等有幽默的天赋，能在荒谬里觑见幽默。第二等虽不能创造幽默，却多少能领略别人的幽默。第三等连领略也无能力。第一等是先知先觉，第二等是后知后觉，第三等是不知不觉。如果幽默感是磁性，第一等便是吸铁石，第二等是铁，第三等便是一块木头了。这么看来，秦始皇还勉强可以归入第二等，至少他领略了优孟的幽默感。

第三等人虽然没有幽默感，对于幽默仍然很有贡献，因为他们虽然不能创造幽默，却能创造荒谬。这世界，如果没有妄人的荒谬表演，智者的幽默岂不失去依据？晋惠帝的一句"何不食肉糜"惹中国人嗤笑了一千多年。晋惠帝的荒谬引发了我们的幽默感：妄人往往在不自知的情况下，牺牲自己，成全别人，成全别人的幽默。

虚妄往往是一种膨胀作用，相当于螳臂当车，蛇欲吞象。幽默则是一种反膨胀（deflationary）作用，好像一帖泻药，把一个胖子泻成一个瘦子那样。可是幽默并不等于尖刻，因为幽默针对的不是荒谬的人，而是荒谬本身。

高度的幽默往往源自高度的严肃，不能和杀气、怨气混为一谈。不少人误认尖酸刻薄为幽默，事实上，刀光血影中只有恨，并无幽默。幽默是一个心热手冷的开刀医生，他要杀的是病，不是病人。

把英文 humour 译成幽默，是神来之笔。幽默而太露骨嚣张，就失去了"幽"和"默"。高度的幽默是一种讲究含蓄的艺术，暗示性愈强，艺术性也就愈高。不过暗示性强了，对于听者或读者的悟性，要求也自然增高。幽默也是一种天才，说幽默的人灵光一闪，绣口一开，听幽默的人反应也要敏捷，才能接个正着。这种场合，听者的悟性接近禅的"顿悟"，高度的幽默里面，应该隐隐含有禅机一类的东西。如果说者语妙天下，听者一脸茫然，竟要说者加以解释或者再说一遍，岂不是天下最扫兴的事情？所以说，"解释是幽默的致命伤"。世界上有两种话必须一听就懂，因为它们不堪重复：第一是幽默的话，第二是恭维的话。最理想也是最过瘾的配合，是前述"幽默境界"的第二等人围听第一等人的幽默：说的人说得精彩，听的人也听得尽兴，双方都很满足。其他的配合，效果就大不相同。换了第一等人面对第三等人，一定形成冷场，且令说者懊悔自己"枉抛珍珠付群猪"。不然便是第二等人面对第一等人而竟想语娱四座，结果因为自己的"幽默境界"欠高，只赢得几张生硬的笑容。要是说者和听者都是第一等人呢？"顿悟"当然不成问题，只是语锋相对，机心竞起，很容易导致"幽默比赛"的紧张局面。万一自己舌翻谐趣，刚刚赢来一阵非常过瘾的笑声，忽然邻座的一语境界更高，利用你刚才效果的余势，飞腾直上，竟获得更加热烈的反应和更为由衷的赞叹，则留给你的，岂不是一种"第二名"的苦涩之感？

幽默，可以说是一个敏锐的心灵，在精神饱满生趣洋溢时的自然流露。这种境界好像行云流水，不能作假，也不能苦心经营，事先筹备。世界上有的是荒谬的事，虚妄的人；诙谐天成的心灵，自然左右逢源，取用不尽。幽默最忌的便是公式化，譬如说到丈夫便怕太太，说到教授便缺乏常识，提起官吏，就一定要刮地皮。公式化的幽默很容易流入低级趣味，就像公式化的小说中那些人物一样，全是欠缺想象力和观察力的产品。何可歌有一个远房的姨夫，远房的姨夫有几则公式化的笑话，那几则笑话有一个忠实的听众，他的太太。丈夫几十年来翻来覆去说的，总是那几则笑话，包括李鸿章吐痰、韩复榘训话等等，可是太太每次听了，都像初听时那样好笑，令丈夫的发表欲得到充分的满足。夫妻两人显然都很健忘，也很快乐。

一个真正幽默的心灵，必定是富足，宽厚，开放，而且圆通的。反过来说，一个真正幽默的心灵，绝对不会固执己见，一味钻牛角尖，或是强词夺理，厉色疾言。幽默，恒在俯仰指顾之间，从从容容，潇潇洒洒，浑不自觉地完成：在一切艺术之中，幽默是距离宣传最远的一种。"舍我其谁"的英雄气概和幽默是绝缘的。宁曳尾于涂中，不留骨于堂上；非梧桐之不止，岂腐鼠之必争？庄子的幽默是最清远最高洁的一种境界，和一般弄臣笑匠不能并提。真正幽默的心灵，绝不抱定一个角度去看人或看自己，他不但会幽默人，也会幽默自己，不但嘲笑人，也会释然自嘲，泰然自贬，甚至会在人我不分物我交融的忘我境界中，像钱默存所说的那样，欣然独笑。真具幽默感的高士，往往能损己娱人，参加别人来反躬自笑。创造幽默的人，竟能自备荒谬，岂不可爱？吴炳钟先生的语锋曾经伤人无算。有一次他对我表示，身后当嘱家人在自己的骨灰坛上刻"原谅我的骨灰"（Excuse my dust.）一行小字，抱去所有朋友的面前谢罪，这是吴先生二十年前的狂想，不知道他现在还要不要那样做。这种狂想，虽然有资格列入《世说新语》的任诞篇，可是在幽默的境界上，比起那些扬言愿捐骨灰做肥料的利他主义信徒来，毕竟要高一些吧。

其他的东西往往有竞争性，至少幽默是"水流心不竞"的。幽默而要竞争，岂不令人啼笑皆非？幽默不是一门三学分的学问，不能力学，只可自通，所以"幽默专家"或"幽默博士"是荒谬的。幽默不堪公式化，更不堪职业化，所以笑匠是悲哀的。一心一意要逗人发笑，别人的娱乐成了自己的责任，那有多么紧张？自生自发无为而为的一点谐趣，竟像一座发电厂那样日夜供电，天机沦为人工，有多乏味？就算姿势升高，幽默而为大师，也未免太不够幽默了吧。文坛常有论争，唯"谐坛"不可论争。如果有一个"幽默协会"，如果会员为了竞选"幽默理事"而打起架来，那将是世界上最大的荒唐，不，最大的幽默。

一九七二年六月

茱萸之谜

茱萸在中国诗中的地位，是十分特殊的。屈原在《离骚》里曾说："椒专佞以慢慆兮，椴又欲充夫佩帏。"显然认为椴是不配盛于香囊佩于君子之身的一种恶草。椴，就是茱萸。千年之后，到了唐人的笔下，茱萸的形象已经大变。王维的"遥知兄弟登高处，遍插茱萸少一人"，杜甫的"明年此会知谁健，醉把茱萸仔细看"，都是吟咏重阳的名句。屈原厌憎的恶草，变成了唐人亲近的美饰，其间的过程，是值得追究一下的。

重九，是中国民俗里很富有诗意的一个节日，诸如登高，落帽，菊花，茱萸，等等，都是惯于入诗的形象。登高的传统，一般都认为是本于《续齐谐记》所载的这么一段："汝南桓景随费长房游学累年。长房谓曰：'九月九日，汝家中当有灾。宜急去，令家人各作绛囊，盛茱萸以系臂，登高饮菊花酒，此祸可除。'景如言，齐家登山。夕还，见鸡犬牛羊一时暴死。长房闻之曰：'此可代也。'今世人九日登高饮酒，妇人带茱萸囊，盖始于此。"

重九的吟诗传统，大概是晋宋之间形成的。二谢戏马台登高赋诗，孟嘉落帽，陶潜咏菊，都是那时传下来的雅事。唯独茱萸一事似乎是例外。《续齐谐记》的作者是梁朝人吴均，而桓景和费长房相传是东汉时人。根据《续齐谐记》的说法，登高，饮菊花酒，戴茱萸囊，这些习俗到梁时已颇盛行，但其起源则在东汉。可是《西京杂记》中贾佩兰一段，却说汉高祖宫人"九月九日佩茱萸，食蓬饵，饮菊花酒，令人长寿"。此说假如可信，则重九的习俗更应从东汉上推以至于汉初了。但无论我们相信《西京杂记》或是《续齐谐记》，最初佩戴茱萸的，似乎只是女人。不但如此，南北朝的诗中，也绝少出现咏茱萸之作。

到了唐朝，情形便改观了。茱萸不但成为男人的美饰，更为诗人所乐道。当时的女人仍佩此花，但似乎渐以酒姬为主，称为茱萸女，张谔诗中便曾见咏。王维所谓"遍插茱萸"，说明男子佩花之盛。杜甫所谓"醉把茱萸"，可能是指茱萸酒。重九二花，菊与茱萸，菊花当然更出风头，因为它和陶渊明缘结不解，而茱萸，在屈原一斥之后，却没有诗人特别来捧场。虽然如此，茱萸在唐诗里面仍然是很受注意的重阳景物。《杜甫全集》里，咏重九的十四首诗中便三次提到茱萸。李白的诗句：

> 九日茱萸熟，
> 插鬓伤早白。

说明此树的红实熟于重九，可以插在鬓边。佩戴茱萸的方式，可谓不一而足，或如赵彦伯所谓"簪挂丹萸蕊"，或如陆景初所谓"萸房插缙绅"。至于李峤的"萸房陈宝席"和杜甫的"缀席茱萸好"，则是陈花于席，而李乂的"捧箧萸香遍"该是分传花房或赤果。储光羲的"九日茱萸飨六军"，恐怕是指茱萸酒，而不是指花。

我想，佩缀茱萸之风大盛于唐，大概是宫廷倡导所致。当时每逢重阳佳节，皇帝常常率领一班文臣登高赋诗，同时把一枝枝的茱萸分赠群臣作佩饰，算是辟邪消灾，应付桓景的故事。翻开《全唐诗》，多的是《九月九日幸临渭亭登高应制》或者《九月九日登慈恩寺浮图应制》一类的诗题。这一类的诗，无非"菊彩扬尧日，萸香绕舜风""宠极萸房遍，恩深菊酹馀"的颂词，绝少文学价值。一般说来，应制诗常提到此花，反之则少提及，可见宫廷行重九之令，一定备有此花。杜甫五律《九日》末二句"茱萸赐朝士，难得一枝来"，指的正是这件事。到了陆游的诗句"但忆社醅挼菊蕊，敢希朝士赐萸枝"，恐怕只是偷杜甫之句，不是写实了。

只要看唐代"茱萸赐朝士"之盛，便可以想见汉代宫人佩花之说或非虚构。汉高祖时不可能流行桓景的故事，而《西京杂记》中所言重九种种也并无登高之说。原来茱萸辟邪除害，并非纯由传说，乃有医学根据。我们统称为"茱萸"的植物，其实更分为三类：山茱萸属山茱萸科，吴茱萸和食茱萸则属芸香科，功能杀虫消毒，逐寒去风。李时珍《本草纲目》里说，井边种植此树，叶落井中，人饮其水，得免瘟疫。至于说什么"悬其子于屋，辟鬼魅"，自然是迷信，大概是取其味辛性烈之意，正如西洋人迷信大蒜可以逐魔吧。郭震所谓"辟恶茱萸囊，延年菊花酒"，正是此意。除此之外，吴茱萸还可以"起阳健脾"，山茱萸更能"补肾气，兴阳道，坚阴茎，添精髓，安五脏，通九窍"。不知这些功用和此物大盛于唐有没有关系。据说茱萸之为物，不但花、茎、叶、实均可入药，还可制酒。白居易所谓"浅酌茱萸杯"，恐怕正是这种补酒。

食茱萸的别名，有樧、藙、越椒等多种。古人以椒、樧、姜为"三香",到了明朝,樧已罕用,现代人则只用椒与姜,不知茱萸为何物了。但在《礼记》里,三牲即已用茱萸来调味去腥。《吴越春秋》更说:"越以甘蜜丸樧报吴赠封之礼",可见早在屈原之前,茱萸已成国之间相赠的礼品了。然则众人之所贵,何以独独见鄙于屈原呢?可能茱萸味特辛辣,"蜇口惨腹",不合屈原口味,甚至引起过敏之症,也未可知。曹植诗句:"茱萸自有芳,不若桂与兰",也许正说中了此意。

一九七六年九月

沙田山居

　　书斋外面是阳台，阳台外面是海，是山，海是碧湛湛的一弯，山是青郁郁的连环。山外有山，最远的翠微淡成一袭青烟，忽焉似有，再顾若无，那便是，大陆的莽莽苍苍了。日月闲闲，有的是时间与空间。一览不尽的青山绿水，马远夏圭的长幅横披，任风吹，任鹰飞，任渺渺之目舒展来回，而我在其中俯仰天地，呼吸晨昏，竟已有十八个月了。十八个月，也就是说，重九的陶菊已经两开，中秋的苏月已经圆过两次了。

　　海天相对，中间是山，即使是秋晴的日子，透明的蓝光里，也还有一层轻轻的海气，疑幻疑真，像丌着一面玄奥的迷镜，照镜的不是人，是神。海与山绸缪在一起，分不出是海侵入了山间，还是山诱俘了海水，只见海把山围成了一角角的半岛，山呢，把海围成了一汪汪的海湾。山色如环，困不住浩渺的南海，毕竟在东北方缺了一口，放樯桅出去，风帆进来。最是晴艳的下午，八仙岭下，一艘白色渡轮，迎着酣美的斜阳悠悠向大埔驶去，整个吐露港平铺着千顷的碧蓝，就为了反衬那一影耀眼的洁白。起风的日子，海吹成了千亩蓝田，无数的百合此开彼落。到了夜深，所有的山影黑沉沉都睡去，远远近近，零零落落的灯全睡去，只留下一阵阵的潮声起伏，永恒的鼾息，撼人的节奏撼我的心血来潮。有时十几盏渔火赫然，浮现在阒黑的海面，排成一弯弧形，把渔网愈收愈小，围成一丛灿灿的金莲。

海围着山，山围着我。沙田山居，峰回路转，我的朝朝暮暮，日起日落，月望月朔，全在此中度过，我成了山人。问余何事栖碧山，笑而不答，山已经代我答了。其实山并未回答，是鸟代山答了，是虫，是松风代山答了。山是禅机深藏的高僧，不轻易开口的。人在楼上倚栏杆，山列坐在四面如十八尊罗汉叠罗汉，相看两不厌。早晨，我攀上佛头去看日出，黄昏，从联合书院的文学院一路走回来，家，在半山腰上等我，那地势，比佛肩要低，却比佛肚子要高些。这时，山什么也不说，只是争噪的鸟雀泄露了他愉悦的心境。等到众鸟栖定，山影茫然，天籁便低沉下去，若断若续，树间的歌者才歇下，草间的吟哦又四起。至于山坳下面那小小的幽谷，形式和地位都相当于佛的肚脐，深凹之中别有一番谐趣。山谷是一个爱音乐的村女，最喜欢学舌拟声，可惜太害羞，技巧不很高明。无论是鸟鸣犬吠，或是火车在谷口扬笛路过，她都要学叫一声，落后半拍，应人的尾音。

从我的楼上望出去，马鞍山奇拔而峭峻，屏于东方，使朝暾姗姗其来迟。鹿山巍然而逼近，魁梧的肩膂遮去了半壁西天，催黄昏早半小时来临，一个分神，夕阳便落进他的僧袖里去了。一炉晚霞，黄铜烧成赤金又化作紫灰与青烟，壮哉崦嵫的神话，太阳的葬礼。阳台上，坐看晚景变幻成夜色，似乎很缓慢，又似乎非常敏捷，才觉霞光烘颊，余曛在树，忽然变生咫尺，眈眈的黑影已伸及你的肘腋，夜，早从你背后袭来。那过程，是一种绝妙的障眼法，非眼睫所能守望的。等到夜色四合，黑暗已成定局，四围的山影，沉甸甸阴森森的，令人肃然而恐。尤其是西屏的鹿山，白天还如佛如僧，蔼然可亲，这时竟收起法相，庞然而踞，黑毛茸蒙如一尊暗中伺人的怪兽，隐然，有一种潜伏的不安。

千山磅礴的来势如压，谁敢相撼？但是云烟一起，庄重的山态便改了。雾来的日子，山变成一座座的列屿，在白烟的横波回澜里，载浮载沉。八仙岭果真化作了过海的八仙，时在波上，时在弥漫的云间。有一天早晨，举目一望，八仙和马鞍和远远近近的大小众峰，全不见了，偶尔云开一线，当头的鹿山似从天际中隐隐相窥，去大埔的车辆出没在半空。我的阳台脱离了一切，下临无地，在汹涌的白涛上自由来去。谷中的鸡犬声从云下传来，从夐远的人间。我走去更高处的联合书院上课，满地白云，师生衣袂飘然，都成了神仙。我登上讲坛说道，烟云都穿窗探首来旁听。

起风的日子，一切云云雾雾的朦胧氤氲全被拭净，水光山色，纤毫悉在镜里。原来对岸的八仙岭下，历历可数，有这许多山村野店，水浒人家。半岛的天气一日数变，风骤然而来，从海口长驱直入，脚下的山谷顿成风箱，抽不尽满壑的咆哮翻腾。蹂躏着罗汉松与芦草，掀翻海水，吐着白浪，风是一群透明的猛兽，奔踹而来，呼啸而去。

海潮与风声，即使撼天震地，也不过为无边的静加注荒情与野趣罢了。最令人心动而神往的，却是人为的骚音。从清早到午夜，一天四十多班，在山和海之间，敲轨而来，鸣笛而去的，是九广铁路的客车、货车、猪车。曳着黑烟的飘发，蟠蜿着十三节车厢的修长之躯，这些工业时代的元老级交通工具，仍有旧世界迷人的情调，非协和的超音速飞机所能比拟。山下的铁轨向北延伸，延伸着我的心弦。我的中枢神经，一日四十多次，任南下又北上的千只铁轮轮番敲打，用钢铁火花的壮烈节奏，提醒我，藏在谷底的并不是洞里桃源，住在山上，我亦非桓景，即使王粲，也不能不下楼去：

栏杆三面压人眉睫是青山

碧螺黛迤逦的边愁欲连环

叠嶂之后是重峦，一层淡似一层

湘云之后是楚烟，山长水远

五千载与八万万，全在那里面……

一九七六年二月

夜读叔本华

体系博大思虑精纯的哲学名家不少，但是文笔清畅引人入胜的却不多见。对于一般读者，康德这样的哲学大师永远像一座墙峭堑深的名城，望之十分壮观，可惜警卫严密，不得其门而入。这样的大师，也许体系太大，也许思路太玄，也许只顾言之有物，不暇言之动听，总之好处难以句摘。所以翻开任何谚语名言的词典，康德被人引述的次数远比培根、尼采、罗素、桑泰耶纳一类哲人为少。叔本华正属于这澄明透彻易于句摘的一类。他虽然不以文采斐然取胜，但是他的思路清晰，文字干净，语气坚定，读来令人眼明气畅，对哲人寂寞而孤高的情操无限神往。夜读叔本华，一杯苦茶，独斟千古，忍不住要转译几段出来，

和读者共赏。我用的是企鹅版英译的《叔本华小品警语录》
(*Arthur Schopenhauer: Essays and Aphorisms*)：

"作家可以分为流星、行星、恒星三类。第一类的时效只在转瞬之间。你仰视而惊呼：'看哪！'——他们却一闪而逝。第二类是行星，耐久得多。他们离我们较近，所以亮度往往胜过恒星，无知的人以为那就是恒星了。但是他们不久也必然消逝，何况他们的光辉不过借自他人，而所生的影响只及于同路的行人（也就是同辈）。只有第三类不变，他们坚守着太空，闪着自己的光芒，对所有的时代保持相同的影响，因为他们没有视差，不随我们观点的改变而变形。他们属于全宇宙，不像别人那样只属于一个系统（也就是国家）。正因为恒星太高了，所以他们的光辉要好多年后才照到世人的眼里。"

叔本华用天文来喻人文，生动而有趣。除了说恒星没有视差之外，他的天文大致不错。叔本华的天文倒令我联想到徐霞客的地理。徐霞客在《游太华山日记》里写道："未入关，百里外即见太华屹出云表；及入关，反为冈陇所蔽。"太华山就像一个伟人，要在够远的地方才见其巨大。世人习于贵古贱今，总觉得自己的时代没有伟人。凡·高离我们够远，我们才把他看清，可是当日阿罗的市民只看见一个疯子。

"风格正如心灵的面貌，比肉体的面貌更难作假。模仿他人的风格，等于戴上一副假面具。不管那面具有多美，它那死气沉沉的样子很快就会显得索然无味，使人受不了，反而欢迎奇丑无比的真人面貌。学他人的风格，就像是在扮鬼脸。"

作家的风格各如其面，宁真而丑，毋假而妍。这比喻也很传神，可是也会被平庸或懒惰的作家用来解嘲。这类作家无力建立或改变自己的风格，只好绷着一张没有表情或者表情不变的面孔，看到别的作家表情生动而多变，反而说那是在扮鬼脸。颇有一些作家喜欢标榜"朴素"。其实朴素应该是"藏巧"，不是"藏拙"，应该是"藏富"，不是"炫穷"。拼命说自己朴素的人，其实是在炫耀美德，已经不太朴素了。

"'不读'之道才真是大道。其道在于全然漠视当前人人都热衷的一切题目。不论引起轰动的是政府或宗教的小册子，是小说或者是诗，切勿忘记，凡是写给笨蛋看的东西，总会吸引广大读者。读好书的先决条件，就是不读坏书：因为人寿有限。"

这一番话说得斩钉截铁，痛快极了。不过，话要说得痛快淋漓，总不免带点武断，把真理的一笔账，四舍五入，作断然的处理。叔本华漫长的一生，在学界和文坛都不得意。他的传世杰作《意志与观念的世界》在他三十一岁那年出版，其后反应一直冷淡，十六年后，他才知道自己的滞销书大半是当作废纸卖掉了的。叔本华要等待很多很多年，才等到像瓦格纳、尼采这样的知音。他的这番话为自己解嘲，痛快的背后难免带点酸意。其实曲高不一定和寡，也不一定要久等知音，披头士的歌曲可以印证。不过这只是次文化的现象，至于高文化，最多只能"小众化"而已。轰动一时的作品，虽经报刊鼓吹，市场畅售，也可能只是一个假象，"传后率"不高。判别高下，应该是批评家的事，不应任其商业化，取决于什么排行榜。这其间如果还有几位文教记者来推波助澜，更据以教训滞销的作家要反省自己孤芳的风格，那就是僭越过甚，误会采访就是文学批评了。

一九八五年六月

凭一张地图

  一百八十年前，苏格兰的文豪卡莱尔从家乡艾克雷夫城（Ecclefechan）徒步去爱丁堡上大学，八十四英里的路程，足足走了三天。七月底我在英国驾车旅行，循着卡莱尔古老的足印，他跋涉三天的长途，我三小时就到了。凡在那一带开过山路的人都知道，那一条路，三天就徒步走完，绝非易事，不由得我不佩服卡莱尔的体力与毅力。凭那样的毅力，也难怪他能在《法国革命》一书的原稿被焚之后，竟然再写一次。

  海外旅行，最便捷的方式当然是乘飞机，但是机票太贵。机窗外面只见云来雾去，而各国的机场也都大同小异。飞机只是蜻蜓点水，要看一个国家，最好的办法还是乘火车、汽车、单车。不过火车只停大站，而且受制于时间表，单车呢，又怕风雨，而且不堪重载。我最喜欢的还是自己开车，只要公路网所及之处，凭一张精确而美丽的地图，凭着旁座读地图的伴侣，我总爱开车去游历。只要神奇的方向盘在手，天涯海角的名胜古迹都可以召来车前。

十三年前的仲夏我在澳洲，想从沙漠中央的孤城爱丽丝泉（Alice Springs）租车去看红岩奇景。那时我驾驶的经验只限于美国，但是澳洲和英国一样，驾驶座是在右边。一坐上租来的车子，左右相反，顿觉天旋地转，无所适从，只好退车。在香港开车八年，久已习于右座驾驶，所以今夏去西欧开车，时左时右，再也难不倒我。

飞去巴黎之前，我在香港买了西欧的火车月票。凭了这种颇贵的长期车票（Eurail Pass），我可以在西欧各国随时搭车，坐的是头等车厢，而且不计路程的远近。二十六岁以下的青年也可以买这种长期票，价格较低，但是只能坐二等。所以在西班牙和法国旅行时，我尽量搭乘火车。火车不便的地方，就租车来开，因此不少偏僻的村镇我都去过。英国没有加入西欧这种长期票的组织，我在英国旅行，就完全自己开车。

在西欧租车，相当昂贵，租费不但按日计算，还要按照里数。且以两千毫升的中型车为例，在西班牙每天租金是五千西币（peseta，每二十西币值港币一元），每开一公里再收四十五西币，加上保险和汽车，就很贵了。在法国租这样一辆车，每天收二百法郎（约合港币一百七十元），每公里再收二法郎，比西班牙稍微便宜。问题在于：按里收费，就开不痛快。如果像美国人那样长途开车，平均每天三百英里，即四百八十公里，单以里程来计，每天就接近一千法郎了。

幸好英国跟美国一样大方，租车只计日数，不计里数，所以我在英国开车，不计山长水远，最是意气风发。路远，当然多耗汽油，可是比起按里收费来，简直不算什么。伦敦的租车业真是洋洋大观，电话簿的"黄页"一连百多家车行。你可以连车带司机一起租，那车，当然是极奢华的劳斯莱斯或者戴姆勒。你也可以把车开去西欧各国。甚至你可以预先租好，一下飞机就有车可开。我在英国租了一辆快意（Fiat Regata），八天内开了一千三百英里，只收二百三十英镑，比在西班牙和法国便宜得多。

伦敦租车行的漂亮小姐威胁我说："你开车出伦敦，最好有人带路，收费五镑。"我不服气道："纽约也好，芝加哥也好，我都随便进进出出，怕什么伦敦？"她把伦敦市街的详图向我一折又一折地摊开，盖没了整个大桌面，咬字清晰地说道："哪，这是伦敦！大街小巷两千多条，弯的多，直的少，好多还是单行道。至于路牌嘛，只告诉你怎么进城，不告诉你怎么出城。你瞧着办吧，开不出城把车丢在半路的顾客，多的是。"

我怔住了，心想这伦敦恐怕真是难缠，便沉吟起来。第二天车行派人来交车，我果然请她带我出城，在去牛津的路边停下车来，从我手上接过五镑钞票，告别而去。我没有说错，来交车的是一个"她"，不是"他"。我在旅馆的大厅里站了足足十分钟，等一个彪形的司机出现。最后那司机开口了："你是余先生吗？"竟是一位清秀的中年太太。我冲口说："没想到是一位女士。"她笑道："应该是男士吗？"

在西欧开车，许多地方不如在美国那么舒服。西欧纬度高，夏季短，汽车大半没有冷气，只能吹风，太阳一出来，车厢里就觉得燠热。公路两旁的休息站很少，加油也不太方便。路牌矮而小，往往是白底黑字，字体细瘦，不像美国的那样横空而起，当顶而过，巨如牌坊。英国公路上两道相交，不像美国那么豪华，大造其四叶苜蓿（clo - ver - leaf）的立体花桥，只用一个圆环来分道，车势就缓多了。长途之上绝少广告牌，固然山水清明，游目无碍，

久之却也感到寂寥，好像已经驶出了人间。等到暮色起时，
也找不到美式的汽车客栈。

一九八五年九月

娓娓与喋喋

不知道我们这一生究竟要讲多少句话？如果有一种电脑可以统计，像日行万步的人所带的计步器那样，我相信其结果必定是天文数字，其长，可以绕地球几周，其密，可以下大雨几场。情形当然因人而异。有人说话如参禅，能少说就少说，最好是不说，尽在不言之中。有人说话如嘶蝉，并不一定要说什么，只是无意识的口腔运动而已。说话，有时只是掀唇摇舌，有时是为了表情达意，有时，却也是一种艺术。许多人说话只是避免冷场，并不要表达什么思想，因为他们的思想本就不多。至于说话而成艺术，一语而妙天下，那是可遇而不可求：要记入《世说新语》或《约翰生传》才行。哲人桑塔耶纳就说："雄辩滔滔是民主的艺术，清谈娓娓的艺术却属于贵族。"他所指的贵族不是阶级，而是趣味。

最常见的该是两个人的对话。其间的差别当然是大极了。对象若是法官、医师、警察、主考之类，对话不但紧张，有时恐怕还颇危险，乐趣当然是谈不上的。朋友之间无所用心的闲谈，如果两人的识见相当，而又彼此欣赏，那真是最快意的事了。如果双方的识见悬殊，那就好像下棋让子，玩得总是不畅。要紧的是双方的境界能够交接，倒不一定两人都有口才，因为口才宜于应敌，却不宜用来待友。甚至也不必都能健谈：往往一个健谈，一个善听，反而是最理想的配合。可贵的在于共鸣，不，在于默契。真正的知己，就算是脉脉相对，无声也胜似有声：这情景当然也可以包括夫妻和情人。

这世界如果尽是健谈的人，就太可怕了。每一个健谈的人都需要一个善听的朋友，没有灵耳，巧舌拿来做什么呢？英国散文家海斯立德说："交谈之道不但在会说，也在会听。"在公平的原则下，一个人要说得尽兴，必须有另一个人听得入神。如果说话是权利，听话就是义务，而义务应该轮流负担。同时，仔细听人说话，轮到自己说时，才能充分切题。我有一些朋友，迄未养成善听人言的美德，所以跟人交谈，往往像在自言自语。凡是音乐家，一定先能听音辨声，先能收，才能发。仔细听人说话，是表示尊敬与关心。善言，能赢得听众。善听，才赢得朋友。

如果是几个人聚谈，又不同了。有时座中一人侃侃健谈，众人睽睽恭听，那人不是上司、前辈，便是德高望重，自然拥有发言权，甚至插口之权，其他的人就只有斟酒点烟、随声附和的份了。有时见解出众、口舌便捷的人，也能独揽话题，语惊四座。有时座上有二人焉，往往是主人与主客，一来一往，你问我答，你攻我守，左右了全席谈话的大势，也能引人入胜。

最自然也是最有趣的情况，乃是滚雪球式。谈话的主题随缘而转，愈滚愈大，众人兴之所至，七嘴八舌，或轮流坐庄，或旁白助阵，或争先发言，或反复辩难，或怪问乍起而举座愕然，或妙答迅接而哄堂大笑，一切都是天机巧合，甚至重加排练也不能再现原来的生趣。这种滚雪球式，人人都说得尽兴，也都听得入神，没有冷场，也没有冷落了谁，却有一个条件，就是座上尽是老友，也有一个缺点，就是良宵苦短，壁钟无情，谈兴正浓而星斗已稀。日后我们怀念故人，那一景正是最难忘的高潮。

众客之间若是不顶熟稔，雪球就滚不起来。缺乏重心的场面，大家只好就地取材，与邻座不咸不淡地攀谈起来，有时兴起，也会像旧小说那样"捉对儿厮杀"。这时，得凭你的运气了。万一你遇人不淑，邻座远交不便，近攻得手，就守住你一个人恳谈、密谈。更有趣的话题，更壮阔的议论，正在三尺外热烈展开，也许就是今晚最生动的一刻，明知你真是冤枉，错过了许多赏心乐事，却不能不收回耳朵，面对你的不芳之邻，在表情上维持起码的礼貌。其实呢，你恨不得他忽然被鱼刺哽住。这种性好密谈的客人，往往还有一种恶习，就是名副其实地交头接耳，似乎他要郑重交代的，句句都是肺腑之言，恨不得回其天鹅之颈，伸其长蛇之舌，来舔你的鼻子，哎呀，真的是 tête-à-tête 还不够，必得 nose-to-nose 才满足。[①]你吓得闭气都来不及了，哪里还听得进什么肺腑之言？此人的肺腑深深深几许，尚不得而知，他的口腔是怎么一回事，早已有各种菜味，酸甜苦辣地向你来告密了。至于口水，更是不问可知，早已泽被四方矣，谁教你进入它的射程呢？

聚谈杂议，幸好不是每次都这么危险。可是现代人的生活节奏毕竟愈来愈快，无所为的闲谈、雅谈、清谈、忘机之谈几乎是不可能了。"偶然值林叟，谈笑无还期。"在一切讲究效率的工业社会，这种闲逸之情简直是一大浪费。

---

① tête-à-tête 为法语，意即促膝谈话；nose-to-nose 为英语，意即鼻子紧贴在一起。

刘禹锡但求无丝竹之扰耳，其实丝竹比起现代的流行音乐来，总要清雅得多。现代人坐上计程车、火车、长途汽车，都难逃噪声之害，到朋友家去谈天吧，往往又有孩子在看电视。饭店和咖啡馆而能免于音乐的，也很少见了。现代生活的一大可恼，便是经常横被打断，要跟二三知己促膝畅谈，实在太难。

剩下的一种谈话，便是跟自己了。我不是指出声的自言自语，而是指自我的沉思默想。发现自己内心的真相，需要性格的力量。唯勇者始敢单独面对自己；唯智者才能与自己为伴。一般人的心灵承受不了多少静默，总需要有一点声音来解救。所以卡莱尔说："语言属于时间，静默属于永恒。"可惜这妙念也要言诠。

一九八六年一月

三访伦敦

伦敦与巴黎并为狄更斯名著《双城记》里的双城，而且都曾陷给对方，可是隔了一道"荒谬的海峡"，风格却大有差异。巴黎之美在明艳而善变，无论在政治或文艺上都历经革命。伦敦之美却雍容而成熟，自从十七世纪那场革命以来，就不再有大变了，无论欧风美雨如何吹袭，始终保持自己的作风。很难想象埃菲尔铁塔怎能矗立在泰晤士河畔，玻璃的金字塔怎能出现在贝尔格瑞夫广场。

在令人怀旧的电影里，伦敦曾是雾都。欧琳太太在王尔德的喜剧《温夫人的扇子》终场时就说："伦敦的雾跟正人君子太多了，温大人。到底是雾带来了正人君子，还是正人君子带来了雾，我不知道。"这是一百年前的笑话，由于环保规定严格执行，伦敦之雾已成了历史。

不过雾散之后，其他的景色并没有变。

宏伟而嵯峨的国会大厦之上，那口重达十三吨半的大本钟，在金碧辉煌的塔楼顶，仍然每小时向世界朗敲格林尼治的光阴。戴着黑绒高帽，绷着猩红制服的羽林军，仍然在宫门前按时换岗。律师在庭上仍然银其假发，黑其长袍。银行的侍者仍然耸其高礼帽，曳其燕尾服。巍巍而过的双层巴士仍然红得那么热闹，施施而来的计程方轩仍然黑得那么稳重。当你在长长的河堤上散步，连东去的泰晤士河水，也似乎仍在斯宾塞的诗韵里起伏。

我去伦敦，先后已三次。第一次在一九七六年，是去开国际笔会。我宣读论文《想象之真》时与我并排同席的，包括老诗人史班德、桂冠诗人贝吉曼、美国诗人罗威尔（Robert Lowell），可惜未曾照相留影。第二次在一九八五年，纯为旅游。第三次在一九九二年十月，是应英国文艺协会之邀，与北岛、张戎、汤婷婷联袂去六个城市巡回朗诵，在伦敦先后只有三天。

英国之盛，端在两大女王：伊丽莎白一世与维多利亚之朝。方其称雄于世，曾号日不落国。但是如今处处日落，大英帝国在海外的属地已所余无几，而一九九七年就要还中国的香港，也已在倒数计时。第三次我飞抵伦敦，是在十月的清晨，出得希斯罗机场，正好七点，天色灰青青的，晓寒低处，旭阳还未升起。与黑龙江纬度相当的伦敦，似乎还未醒来，甚至在这日不落国的京城之上，老太阳也晚起而早落了。

大英帝国早已解体，甚至联合王国都景气低沉。伦敦，确是美人迟暮了，但是在成熟的皱纹之下，仍难掩她昔日的端庄风华。殖民地虽已纷纷独立，英语却盛行于世界，而英语所及，也把莎士比亚、狄更斯、王尔德、披头士带给全球。国协与属地的人民虽然不满英国政府，却罕见有人不喜欢伦敦。从巴基斯坦到印度，从澳洲到南非，从香港特区到马来西亚，多少人宁可留在伦敦，只要听听皮可迪里（Piccadilly）大街上各国腔调的英语，便可知这古城有多国际化了。输了领土而赢了制度，失去了帝国而播扬了文化，迟暮的伦敦仍是动人的美人。

一九九三年

名家散文

鲁迅：直面惨淡的人生

胡适：天下没有白费的努力

许地山：爱我于离别之后

叶圣陶：藕与莼菜

茅盾：斗争的生活使你干练

郁达夫：夜行者的哀歌

徐志摩：我有的只是爱

庐隐：我追寻完整的生命

丰子恺：我情愿做老儿童

朱自清：热闹是它们的，我什么也没有

老舍：有朋友的地方就是好地方

冰心：繁星闪烁着

废名：想象的雨不湿人

沈从文：每一只船总要有个码头

梁实秋：烟火百味过生活

林徽因：你是人间的四月天

巴金：灯光是不会灭的

戴望舒：我的心神是在更远的地方

梁遇春：吻着人生的火

张中行：临渊而不羡鱼

萧红：我的血液里没有屈服

季羡林：微苦中实有甜美在

何其芳：紧握着每一个新鲜的早晨

孙犁：人生最好萍水相逢

琦君：粽子里的乡愁

苏青：我茫然剩留在寂寞大地上

林海音：唯有寂寞才自由

汪曾祺：如云如水，水流云在

陆文夫：吃也是一种艺术

宗璞：云在青天

余光中：前尘隔海，古屋不再

王蒙：生活万岁，青春万岁

张晓风：年年岁岁岁岁年年

冯骥才：生活就是创造每一天

肖复兴：聪明是一张漂亮的糖纸

梁晓声：过小百姓的生活

赵丽宏：闪烁在旷野里的微光

王旭烽：等花落下来

叶兆言：万事翻覆如浮云

鲍尔吉·原野：为世上的美准备足够的眼泪